Brigitta

KARIN RÜTTIMANN
DAS GESCHENKTE JAHR

KARIN RÜTTIMANN

DAS GESCHENKTE JAHR

EIN ABSCHIED

ZYTGLOGGE

FÜR CLAUDIA UND NATALIE
MEINE BEIDEN TÖCHTER

UND FÜR ROSA RÜTTIMANN

5. Auflage 1995

Lektorat: Willi Schmid
Druck: Ebner Ulm
ISBN 3-7296-0503-8

Zytglogge Verlag Bern, Eigerweg 16, CH-3073 Gümligen

DAVOR UND DANACH

Der Revolver lag in der Schublade. Eigenartig, dass sie die Massnahme zur Entsicherung kannte. Sie lief aus der Wohnung, unbemerkt, im fremden Mietshaus mit den ausgetretenen Holztreppen und der Konsole im Zwischengeschoss. Dort, vor dem blinden, altersgesprenkelten Spiegel legte sie den Lauf an die rechte Schläfe und drückte ab.

Über das Ziel dieser Handlung bestand kein Zweifel. Eine derartig eindeutige Übung liegt jenseits allen Grübelns über Sinn und Zweck. Nun würde gleich alles vorbei sein. Fluchtgedanken waren nutzlos, Sorgen um die Hinterbliebenen zu spät. Unbekanntes wartete auf sie, wenn es das überhaupt gab. Wenn es nicht einfach plötzlich dunkel sein würde, aus und vorbei für immer, nichts, nichts als Antwort auf die grosse, diesseits ungelöste Frage.

Sie spürte, wie die Kugel in den Kopf eintrat. Sie wusste nicht, ob die Gedanken während des Abdrückens oder in gerade diesem Moment durchs Hirn zuckten – Bruchteil einer Sekunde, den das Geschoss zur Verrichtung der zugewiesenen Aufgabe benötigte.

Das Unglaublichste, aber Entsetzlichste an allem war, dass es auf der anderen Seite nicht durchschlug. Sie spürte, wie die Kugel abgegeben wurde, den Rückstoss der Schusswaffe, den

Weg quer durch ihr Gehirn und dann den dumpfen Aufschlag an der linken Schläfe. Dort aber blieb das Geschoss stecken, unter der Haut fühlbar als schmerzende, eisenharte Wölbung.

Nachbarn hatten die Detonation gehört und kamen Treppen von oben herunter und von unten herauf. Sie stand da, vor dem blinden Spiegel, mit gesenkter Waffe, zu Tode erschrocken.

Ein Arzt war unter den Herbeieilenden. Er untersuchte die Wunde, befühlte die Druckstelle, konnte aber den Schaden, der hinter der Stirn verursacht worden war, nicht so ohne weiteres feststellen. Wie lange sie noch leben und in welcher Art sich die Beschädigung auf die Dauer auswirken würde, liess sich nicht so einfach sagen. Vielleicht blieben ihr noch Minuten, Stunden oder auch Tage, Monate, vielleicht Jahre?! Vielleicht gelähmt, verwirrt, bewegungsgestört oder auch ganz normal, einfach mit dem Wissen, dort ist ein Fremdkörper im Kopf, der mit seinem allzeit spürbaren Schmerz ein Bestandteil ihres Lebens, ihrer selbst sein würde.

Verwandte waren jetzt da. Drängten sich an ihre Seite. Schauten erschrocken, ängstlich und gleichzeitig schüchtern und fassten zögernd nach ihren Händen. Doch das gab keinen Trost. Nichts würde mehr trösten. Sie war fassungslos über den Verlauf der Dinge und abgrundtief verzweifelt über das Wissen, dass sich nun nie, nie mehr etwas an allem ändern liess. Es war geschehen, und selbst, wenn die Kugel hätte operativ entfernt werden können, selbst wenn überhaupt keine sichtbaren oder sonstwie bemerkbaren Veränderungen und Spuren oder Schmerzen zurückbleiben würden, war da doch die Tatsache dieses einen schrecklichen Augenblicks. Niemals würde die Erinnerung zu löschen sein, und nichts würde mehr sein wie vorher. Ihr Leben war unheilbar geteilt in ein DAVOR und DANACH, und nichts und nie mehr würde etwas danach sein, wie es davor gewesen war.

Karla wusste, als sie erwachte, sofort, wo sie sich befand. Im Wohnzimmer, zusammengesunken im Sessel. Der Kopf war beim Schlafen zwischen Armlehne und Rückenpolster gerutscht. Das metallene Verbindungsstück drückte kalt gegen die Schläfe. Das grelle Licht der Leselampe über ihr explodierte in den Augenschlitzen, und da waren die Hitze auf der Haut und die Kälte im Innern und die Traurigkeit, so masslos schwer, dass sie sich nicht bewegen und den Kopf aus dem Lichtkreis drehen konnte. Wenn das gelänge. Einfach da sitzen bleiben, für immer, erstarrt, versteinert, Puppe, Skulptur in modernem Interieur, nur noch ein Ding, hineingestellt in das Drumherum, leblos, seelenlos, totes Material ohne Vergangenheit und Zukunft.
Wie alles so unverändert war.
Ohne jetzt, vom Lampenlicht geblendet, etwas zu sehen, wusste sie es doch. Sofa. Sessel. Tisch. Lampen. Vasen. Bücher. Genauso wie bisher. Unverrückt am selben Platz. Gewohnt. Vertraut. Auch die Anordnung der Räume. Der Garten vor dem Fenster. Die Hunde in der Veranda. Die Schlafzimmer oben. Eine heimelige Welt.
Wer von aussen ins Fenster hereinschaute, fände das bestätigt. Würde die Wärme spüren und vielleicht Sehnsucht nach diesem wohlgepolsterten Nest. Dieses Haus, sagte man, steht immer offen, wenn die Bewohner dort sind. Sowas spricht sich herum. Und die Fenster sind ja erleuchtet.
Aber die Tür ist verschlossen.
Auch auf Klopfen und Rufen reagiert niemand.
Und klingeln mag der Fremde jetzt nicht mehr. Hat den Mut verloren. Ist unsicher geworden, ob all das Gerede nicht nur ein Gerücht sei. Eine betrunkene Übertreibung, wie so vieles auf der Welt, von dem er sich Neues und Lebendiges versprochen hat. Und geht davon, um eine Enttäuschung erfahrener und eine Hoffnung ärmer.
Ach – wenn er nur gestern gekommen wäre.

GESTERN
Wir zwei, du und ich, schlurfen durch den weissen Flaum, schlittern den Weg hinunter, die Strasse, schütteln die Kapuzen vom Kopf, lassen Baumschnee rieseln in unsere offenen Münder, halten uns rutschend aneinander fest, lachen, in der Schwarznacht.
Du. Du und ich.
Wir zwei.
Die Wärme deines Atems in meinem Gesicht.

GESTERN. Als Karla vom Samstageinkauf nach Hause gekommen war, hatte sie Jacques nicht gefunden. Seine Kleider und Schuhe lagen im Schlafzimmer, auch der Mantel hing in der Garderobe, die Hunde schliefen in der Veranda, das Auto parkte vor der Tür, das Haus war nicht abgeschlossen. Dann fiel ihr der Wachsgeruch auf. Jacques' Langlaufski fehlten, der orangefarbene Trainingsanzug, und später, nachdem sie die Lebensmittel in der Küche verstaut hatte, sah sie ihn durch das Fenster des Arbeitszimmers drüben im Schneehang auf der anderen Strassenseite.
Abends gingen sie miteinander aus.
Weil es vorher tagelang geschneit hatte, waren die Nebenstrassen der kleineren, umliegenden Ortschaften von den überlasteten Räumungsfahrzeugen verschont geblieben. Karla, halb lachend, halb protestierend, liess Jacques' Schleuderkünste und die zwar gekonnte, aber auf keinen Fall ungefährliche Rutschfahrt auf der steil abfallenden Bergstrasse und die Pirouette auf dem leeren Parkplatzende beim Restaurant über sich ergehen, fühlte sich danach aber wohl, sinnlich erregt, sehr lebendig. Als ihr, noch beim Auto, plötzlich wieder einfiel, dass sie sich einen Augenblick mittags um Jacques geängstigt hatte, legte er den Arm um ihre Schultern, seinen weichen Bart an ihre Wange. Mit unbeschwertem Blick im Schein der Leuchtschrift. »Mir passiert doch nichts.«

Ja, was auch.
Karla passte mit der Armkugel genau in seine Achselhöhle und spürte den Druck seiner Kraft und seine starke Wärme durch den Mantelstoff.

Ein Abend unter einem guten Stern.
Sie hatten im Restaurant nicht vorbestellt und fanden dennoch einen freien Tisch für zwei. Das Essen schmeckte ausgezeichnet, und auch der Wein war gut. Zwischen ihren Tellern standen Kerzen mit ruhigen, gelben Flammen und rote Moosröschen in einer Vase.
Jacques erzählte noch etwas von der Arbeit, und dabei verblasste die Anstrengung der letzten Woche langsam in seinem Gesicht. Dann fielen beiden die bevorstehenden Winterferien mit den Kindern ein, weil die Stimmung jetzt ähnlich war wie manchmal abends im Sporthotel. Erinnerungen stiegen auf vom letzten Jahr: eine Gletscherabfahrt. Ein Wochenende im Ferienhaus von Freunden.
Karla hatte sich seit langer Zeit wieder einmal richtig schön gemacht. Für Jacques. Hatte Make-up aufgelegt. Lidschatten verteilt. Ein bisschen Goldpuder auf die Backenknochen gestäubt. Sie hatte auch verschiedene Kleider probiert, den neuen, schwarzen Samtmantel erstmals angezogen und viel zu lange an der Frisur rumgemacht. Aber Jacques war ganz ruhig geblieben. Völlig entspannt wartete er auf dem Sofa, zwischen den Kindern, als sie endlich ins Wohnzimmer hinunterkam.
Der Heimweg vom Restaurant führte an der Tennishalle vorbei. Sie war noch beleuchtet, und Jacques und Karla beschlossen, dort im Café einen Schlummertrunk zu nehmen. Als sie eintraten, kommentierte gerade ein Mann mit mangelhaften Fachkenntnissen, aber gewaltigem Stimmorgan vor den übrigen Gästen das Turnierspiel auf dem ersten Platz vor den grossen Fenstern. Jacques hatte den Arm auf Karlas Stuhllehne gelegt und stupste sie hin und wieder, wenn dem

Reporter zu grosse Fehler unterlaufen waren, leicht mit dem Daumen zwischen die Schultern.
Die Kinder hatten zu Haus bleiben wollen und schliefen nun, gegen Mitternacht, auf dem Sofa im Wohnzimmer. Sie reagierten überhaupt nicht auf die Entkleidungsprozedur und hingen beim Hinauftragen in ihre Zimmer schwer wie Mehlsäcke über Jacques' Schultern und rollten sich in ihren Betten gleich mit tiefen Seufzern fest schlafend auf die Seite. Ohne einmal auch nur mit den Wimpern gezwinkert zu haben.
Karla und Jacques brauchten noch lange Licht in ihrem Zimmer, mit dieser Lust unter der Haut, und schliefen erst gegen Morgen in der gegenseitigen Wärme nah beieinander ein.

HEUTE
Die Badezimmergeräusche, dein Lachen vor dem Spiegel, du willst hinaus in den Schnee, eine Spur ziehen vom Haus in den gegenüberliegenden Hang.
Das warme Morgenlicht im Wohnzimmer. Die Stimmen der Kinder im Haus. Die Wärme unserer Nacht auf meiner Haut. Der Himmel von einer zärtlichen Bläue, die weh tut.
Du da drüben im weissen Hang. Die Berge von Süden her blauweissgezackt so nahe gerutscht. Zum Anschauen. Zum Hineinschauen. Die Schneefelder glitzern in der Sonne. Du legst die Hand über die Augen. Dort unten dein Dorf. Hinter dem Rauhreiffiligran der Obstbäume dein Haus. Deine Familie. Sonntagmorgenglück. Sprengt denn das ein Herz? Umfasst ein solcher Blick den ganzen Rest des Lebens?

Die Wärme im Haus hier. Die Sonnenstrahlen in den Glasfenstern der Veranda. Die Stimmen der Kinder im Haus. Der Kaffeeduft. Das Frühstück auf dem Tisch. Die Badezimmergeräusche. Die Hunde kommen allein zurück. Deine Wärme auf meiner Haut. Die Nacht neben dir. Die Wärme in der Veranda. Die Sonne in den Fenstern. Deine Nacht in mir. Die Hunde sind schon lange allein zurück. Die Stimmen der Kinder im Haus. Die Kälte auf der Haut plötzlich. Der

Schnee draussen. Du. Am Gartenzaun. Im Schnee. Du, steh doch auf. Du hast doch gesunde Beine und einen schönen starken Körper und kräftige Arme und trainierte Muskeln. Der Himmel ist so blau, und wir lieben den Schnee, und die Berge sind auch gekommen, und nachmittags wollen wir miteinander langlaufen. Dein Lachen vor dem Spiegel. Der Kaffee auf dem Tisch. Die schnuppernden Hunde. Die Kindertränen. Deine Hände und Finger mit deinen guten Nägeln. Die Hunde winseln. Dein Haar ist so dunkel und voll und unsere Nacht im Bett und dein Bart so weich und samtig und die Kinderköpfe auf deinem Bauch, bleibst du da liegen, warum rührst du dich nicht, warum sagst du nichts, warum können Tränen dich nicht mehr erweichen, warum ist dir unsere Liebe nichts mehr wert, warum lachst du nicht und springst auf, schüttelst dich, alles ein Scherz, alles Unsinn, tobst mit den Kindern im Schnee, rennst den Hunden hinterher und nimmst mich in deine Arme?

Warum wärmt dich die Decke nicht.
Warum wecken dich unsere Tränen nicht.
Warum siehst du so aus wie immer und bist so stumm.
Warum liegst du in der Veranda auf der Bahre in der Sonne.
Warum verfärbt sich deine Haut. Warum fallen deine Wangen ein.

Warum ist die Ambulanz da. Warum redet der Arzt mit uns auf dem Sofa. Was will die Polizei. Warum weinen deine Eltern. Warum zittern wir alle. Wieso scheint die Sonne. Was soll der blaue Himmel. Warum ist der Schnee so weich. Dein Lachen vor dem Spiegel. Deine Nachtwärme auf meiner Haut. Das Frühstück auf dem Tisch. Deine Spur geht vom Haus in den Hang. Bist du deine eigene Spur zurückgelaufen. Wo sind die Stimmen der Kinder. Die Badezimmergeräusche. Warum ist es in der Veranda so sonnig und warm.
Hörst du mich denn nicht.
Warum gibst du mir denn keine Antwort.

Der Tod ist nicht das Ende einer Liebe.

Wer weiss denn da, was er sagt.

JETZT
Die Adressen sind herausgesucht. Die Karten sind bestellt und die Couverts beschrieben. Der Sarg ist bestellt. Die Blumen sind bestellt und auch die Traueressen. Die Karten zur Post gebracht. Die Zeitungsanzeigen aufgegeben. Der Nachruf geschrieben. Die schwarzen Kleider zusammengesucht.

JETZT IST WIEDER RUHE
Die Trauerfeier hat stattgefunden. Die Sonne ist doch noch gekommen. Der Wind hat geweht. Die Abdankungshalle war überfüllt. Der Pfarrer hat gut gesprochen. Viele haben geweint. Die Sonne ist doch noch gekommen. Wind hat den Himmel frei gefegt. Blau gefegt. Die Sonne ist durch das Kirchenfenster gefallen und hat meine Wange gewärmt. Ich habe die Sonne auf meinem Haar gespürt. Sie haben den Sarg hinausgetragen. Wir sind durch den Schnee zum offenen Grab gegangen. Der Sarg wurde versenkt. Wir haben geweihtes Wasser auf den Deckel gespritzt. Viele Menschen haben uns die Hände geschüttelt. Sie haben mit roten und ernsten Augen geschaut. Die Kinder waren ganz still. Die Kinder haben nicht geweint. Die Sonne hat die Kinder und mich beschienen. Der Wind hat uns die Haare zerweht.
Beim Trauermahl ist die Verwandtschaft fröhlich geworden. Eine grosse Verwandtschaft trifft nicht oft so versammelt aufeinander. Das Essen war gut und reichlich. Unser Trauungspriester war auch dabei.

JETZT IST WIEDER RUHE. DIE MENSCHEN SIND GEGANGEN.
Am Nachmittag der zweite Friedhofsbesuch. Über dem Grab ist eine grosse Blumenpyramide gewachsen. Die Kinder standen am Grab. Das Grab wurde fotografiert. Abends haben wir zuhaus gegessen. Nahe Verwandte und Freunde sind noch geblieben. Wir haben die Alben hervorgeholt. Fotos angeschaut. Du. Lachend zwischen deinen beiden Töchtern

mit vollgepackten Fahrrädern auf der letzten Pfingsttour. In Ringelbadeanzug und Clownmaske unter Freunden an einer Fastnacht. Im Kabinenfenster des grossen Lasters vor der ersten Fahrt in den Orient. Schwarzgebrannt in der Wüste, zwischen pakistanischen Chauffeuren in langen, gestreiften Hemden und Kopftüchern. Die Männer hatten dich zum Mitessen an ihren Reistopf geladen. Und dann am Meer. Das du so liebtest. Zusammen mit den Kindern in weissschäumender Brandung. Und zusammen mit mir beim Sandburgenbauen.

Wir haben Wein getrunken und die Bilder angeschaut und sind fröhlich geworden. So viele schöne Erinnerungen. In unseren Erinnerungen warst du wieder lebendig. Bist mit uns die Schneehänge hinuntergeflitzt und auf dem Surfer über die Wellen getanzt. Gemeinsame Ferien und Feste und Freuden mit Freunden.

JETZT IST WIEDER RUHE. DIE MENSCHEN SIND GEGANGEN. DIE FREUNDE UND NAHEN VERWANDTEN SIND GEGANGEN.

Wir haben gelacht. Wir haben uns über die Bilder gebeugt voller Geschichten und Einfälle. Wir waren dir sehr nahe. Du warst bei uns, lebendig. Ernst. Lachend. Spottend. Phantasievoll. Traurig. Müde. Wagemutig. Verständnisvoll. Zärtlich. Unbeschwert. Du hattest bewusst gelebt. Du hattest intensiv gelebt. Alle hatten mit dir viel erlebt. Alle spürten ein Stück von dir in sich selbst und sind ruhiger, fast getröstet, als sie mich in der Nacht verlassen. Das Leben geht weiter. Für mich und die Kinder. Ich bin stark. Und die Kinder sind verständnisvoll und mutig, und irgendwie bist du noch hier. In diesen Räumen. Bei uns allen. Alle fühlen und spüren es. Das wird uns Kraft geben. Es wird hart sein, aber wir werden es schaffen. Davon sind alle überzeugt.

Alle haben glänzende Augen. Irgendwie erregte Gesichter. Wir haben auf dich und mit dir noch einmal Wein getrunken.

Wohl nicht das letzte Mal. Draussen, auf der Eingangstreppe, küssen wir einander zum Abschied, und die Freunde gehen mit vielen Worten und nicht unglücklich auseinander.

JETZT IST RUHE.
Die Kinder schlafen.
Vor dem Fenster die Strassenlampe. Flocken, die den Lichtkreis treffen, glitzern auf. Der weisse Flaum verwischt die Landschaft. Füllt Spuren. Ziseliert die dünnen Zweiglein der Birken und das Maschengitter des Zaunes, steckt weiche Kissen auf die Zweige der Tannen, bettet dicke Daunenpolster auf die Dächer, setzt den Kaminen Hauben auf. Zieht sein weisses Tuch durch den Garten, über den Zaun die Strasse hinunter, durch das grosse schmiedeeiserne Tor. Wellt sich über die Gräber. Verschmilzt alles miteinander unter kühler Sanftheit.

Du.
Du und ich.
Wir zwei.
Nie mehr.
Nie mehr dein vertrauter Körper im Bett so warm und weich.
Nie mehr dein Atem.
Nie mehr deine Hände.
Nie mehr dein Lachen.
Nie mehr dein Haar.
Nie mehr deine Haut.

Nie mehr die Kinder auf deinem Schoss.
Nie mehr dein Morgenbart an ihrer Wange.
Keine Badezimmergeräusche.
Nie mehr dein Lachen vor dem Spiegel.
Du runzelst die Stirn, schiebst über der Nasenwurzel die Brauen zusammen, fletschst die Zähne, streckst die Oberarme waagerecht in Turner-Siegerpositur angewinkelt zur

Seite, wölbst den Bauch nach innen und den Brustkorb heraus, hämmerst mit den Fäusten darauf. Die Kinder stehen in der Tür. Lachen laut. Tarzan ist wieder da. Du knickst in die Knie, schiebst die Schultern vor, drückst das Kinn hinunter und stapfst schwer mit den Armen rudernd und grollend wie ein Menschenaffe auf sie zu, dass beide kichern und kreischend ein paar Schritte zurückweichen. Nie mehr.

Nie mehr Vater.
Nie mehr intakte Familie.
Nie mehr heile Welt.
Nie mehr Vaterkinder.
Nie mehr du.

Ich möchte deine Hände halten. Die Linien und Rillen anschauen. Dir in die Augen blicken. Die Pünktchen und Strahlen darin sehen. Meine Schulter in deine feuchtwarme Achselhöhle graben.

Nie mehr was zum Riechen von dir.
Nie mehr was zum Anfassen von dir.
Nie mehr die Wärme deines Atems.

Ich möchte dich neben mir haben. Warum sitzt du nicht in dem anderen Sessel. Hier gehörst du doch hin. Wir müssen gar nicht reden, uns nicht anstrengen, wenn du zu müde bist.
Nur da sein.
Du und ich.
Ich will neben deinem Sessel knien, die Arme um deine Hüften schlingen und meinen Kopf in deinen Schoss legen und weinen, weil ich so unendlich traurig bin.

Erkennen.
Verstehen.
Begreifen.
Verinnerlichen.
Umsetzen.
Verarbeiten.
Begreifen.
Aufnehmen.
Verinnerlichen.
Anerkennen.
Sinn erkennen.
Verstehen.
Begreifen.
Aufsichnehmen.
Annehmen.
Ertragen.
Umsetzen.
Verarbeiten.
Anerkennen.
Begreifen.
Erdulden.
Verkraften.
Annehmen.

Diese Stille im Haus.
Nach all der Hektik der letzten Tage und Wochen, die betäubte, kaum Zeit zum Nachdenken liess, sogar die Trauer verdrängte. Nach der Beerdigung die Dankesanzeigen, versehen mit persönlichen Dankesworten, adressieren und abschicken. Dann erneut Benachrichtigung der Zeitungen, Aushändigung des Testaments, Testamentseröffnung, Gerichtsschreiben und eines der schmerzhaftesten Dinge von allem überhaupt: Abmelden des Namens. Auslöschen der Person.
Mit welch wachsendem Widerwillen hatten wir beide früher auf immer neuen Drucksachen und Formularen unsere Com-

puteradresse gefunden. Wieviel ungleich stärker aber ist jetzt die Abneigung zur Löschung dieser Aufzeichnungen.
Trauer um den Verlust deines Namens im Handelsregister und in der Mitgliederliste des Transportverbands. Du hast doch das Geschäft aufgebaut. Du gingst noch aufs Gymnasium, als dein Vater Pferde und Wagen von seinem altgewordenen Chef kaufte. An freien Nachmittagen hast du ihm geholfen und an Wochenenden Büroarbeiten gemacht, von denen deine Eltern nichts verstanden. Briefe. Rechnungen. Buchhaltung. Kalkulationen. Du hattest dem jüngeren Fuhrknecht die Autofahrschule verordnet, den ersten Lieferwagen gekauft und später, als Industrie mit neuen, schweren Gütern im Ort ansässig wurde, Wagenpark und Leistungsangebot angepasst. Hast auf die Ausbildung zum Zeichenlehrer verzichtet und bist, gerade zwanzig Jahre alt, direkt von der Schulbank auf den Fahrersitz des ersten Lasters gestiegen. Und nun dein durchgestrichener Name auf der Bankvollmacht, in der Kundenkartei, in der Haftpflichtversicherung, beim Grundbuch- und Strassenverkehrsamt.
Das nicht mit einemmal verarbeiten zu müssen, hatte Karla diese Endgültigkeit geteilt. Krankenkasse, Einwohneramt, Familienbüchlein durften nicht aufgeschoben werden, aber den Telefonbucheintrag, die Tageszeitung, die Reiseagentur, die Sportzeitschrift, die Rechtsschutzversicherung lässt sie bis zur nächsten Jahresrechnung weiterlaufen. Die Sportclubs wissen sowieso Bescheid, und das Militär wird sich wohl von alleine melden.

Wie anders ist dieses jetzige Alleinsein als früher, wenn Jacques geschäftlich unterwegs oder im Militärdienst war. Die zusätzlich gewonnene Freizeit hatte Karla auf verschiedene Weise genutzt. Hatte Nächte hindurch gelesen oder ein Zimmer umgeräumt, stundenlang an ihren Bildern gearbeitet, irgendetwas gründlich geputzt, Tage in der Stadt in Ausstellungen verbracht, Fotoalben ergänzt. Dinge aufgeholt, die im Alltagskram immer wieder zu kurz gekommen waren, mit denen sie Familie und Zweisamkeit nicht immer belasten wollte oder die sie sich bewusst für diese Zeiten aufgehoben hatte. Und mit der inneren Befriedigung über das gelungene Aufarbeiten auch immer wieder ihre wachsende Freude und die zunehmende Ungeduld der Kinder auf das Wiedersehen mit Jacques.

Wieviel Leben liegt zurück?

Die letzten Tage hatte Karla damit verbracht, Beileidsbekundungen zu lesen. Auf dem Boden sitzend, im Büro, mit dem frierenden Rücken an der warmen Heizung. Stundenlang. Immer wieder dieselben Worte. In unterschiedlichen Schriften und Satzgefügen. Mitleidend, mutmachend, lebenserfahren, schüchtern, unbeholfen, klug, wissend, verkrakelt, geziert, gesucht, einfach. Die unleserlichste Schrift hatte sie entziffern müssen, die kompliziertesten Sätze entschlüsseln, immer und immer wieder und nicht genug davon bekommen. Obwohl sich im Grunde genommen fast alles wiederholte. Dem gleichen Schema entsprach. Immer wieder dieselben Worte, Bibelsprüche, Redewendungen. Aber so viel Anteilnahme hatte sie dahinter gespürt. So viel echtes Gefühl. Menschen hatten ihr geschrieben, die sie bisher nicht einmal mit Namen gekannt hatte. Hatten ihr Mut und Kraft und Zuversicht gewünscht. Und wenn sie auch nicht, wie oft versichert, immer wieder in Gedanken bei ihr waren, hatten sie doch zumindest die Mühe auf sich genommen, eine Karte zu kaufen, einen Stift in die Hand zu nehmen, Worte zu suchen, und den Weg zur Post gemacht.

«Und wenn Ihr Mann, den ich nur vom Sehen und Namen her kannte, mir zufällig im Lastwagen auf der Strasse begegnete, hat mir sein Lächeln den ganzen Tag verschönert» – in der zittrigen Schrift eines alten Menschen.

Nun hatte Karla auch diese Arbeit abgeschlossen. Aber mit dem Ablegen der Post in den grossen Pappkarton, dem Verschliessen der Schachtel und Wegstellen dieser Stich in der Brust. Wie lange konnte das seit Wochen andauernde Abschiednehmen und Loslösen noch verkraftet werden?

Ein Stuhl schurrt auf dem Fliesenboden der Veranda. Die Hunde dehnen und strecken sich im Schlaf, schubbern dabei das Fell an der rauhen Wand, kratzen den Boden oder verschieben Stühle und Spielsachen, ohne dabei aufzuwachen. Oben, in ihrem Zimmer, schlafen Karlas Eltern, traurig, vom Schmerz gealtert und besorgt.
Claudia und Natalie sind in den Ferien. Claudia mit der Schule, Natalie mit Freunden.
Berglandschaft, Schnee, Sonne, das alles wird gleichzeitig weh tun und doch auch gut und schön sein. Die beiden ein Stück weiter bringen in ihrem Danach-Leben. Das erste Mal wieder in ungewohnter Umgebung. Das erste Mal wieder fort von der Familie für mehrere Tage.
Mittags kam der Schwiegervater, wie jeden Tag, und machte Feuer im Kamin, setzte sich in den Sessel, den Karla bereitgestellt hatte. Starrte ins Feuer. Stundenlang. Wie jeden Tag. Ein grosser, schweigender Trauerberg.
Trotz der noch immer vereisten Strassen läuft die Schwiegermutter jeden Nachmittag zum Friedhof, stäubt Schnee von den Blüten der Kränze und Gestecke, betet, kommt mit geschwollenem Gesicht und rotunterlaufenen Augen und vor Kälte starr gekrümmten Händen, bringt Esswaren mit, macht Kaffee oder kocht Tee, deckt den Tisch zum gemeinsamen Nachtessen.
Dann Natalies Anruf.
Sie zählt Karla die Einrichtungsgegenstände ihres Ferienzimmers auf, dass sie zu Hause sich alles so richtig vorstellen können, berichtet dann von lustigen Abfahrtserlebnissen. Lacht. Bricht dann unvermittelt ab. Pause. Schluchzen. Ich bin so traurig, Mama.
Nicht den Arm ausstrecken können und das Kind an sich

ziehen, damit die Wärme des Körpers trösten hilft. Erschrekken. Trauer. Hilflosigkeit. Und schliesslich Worte, von denen man nicht weiss, wie sie am anderen Ende der Leitung, hundert Kilometer weiter, ankommen. Weine, Natalie, wenn du traurig bist. Weine. Die anderen verstehen dich. Die sind beinahe so traurig wie du.
Und Claudia?
Pisten, Skilifte, Seilbahnen, Wintersonne über weissen Berghängen. Das sieht fast in jedem Ferienort gleich aus. Wird sie abends so müde sein, dass sie im Bett sofort einschläft?

Muss es so sein.
Muss Trauer mit neuem Schmerz begegnet werden, um Weiterleben zu ermöglichen?
Die Kinder, Jacques und ich im letzten Jahr.
In diesem Dämmerlicht weiss Karla plötzlich genau, wie es war.
Nach den Pistenabfahrten.
Die Kinder im Hallenschwimmbad.
Und unsere stille Zweisamkeit im Graublau zwischen Tag und Nacht.
Die Langlaufloipe beim Kurbad den Hang hinauf, durch den Wald, über den gefrorenen, weissen Schnee. Einsam in der Schneelandschaft das Restaurant. Wir zwei die einzigen Gäste über unseren Getränken an einem der grossen Fenster. Draussen malt die Dämmerung den Schnee grau. Wie wir hinaustreten, sind schon die Sterne zu sehen. Je dunkler der Himmel wird, desto weisser schimmert der Schnee.
Unsere Atemgeräusche und das Schurren der Skier in den gefrorenen Rillen. Bei den Lichtungen und Hügeleinschnitten unter uns die Bänder und Nester der Lichter im Tal, die ein Stück den gegenüberliegenden Hang hinaufkriechen, sich im Blauschwarz der Bäume verlieren und oberhalb der Waldgrenze und an den Gipfelstationen mit den erleuchteten Hotels noch einmal vereinzelte Zeichen setzen.

Das Licht im Zimmer jetzt ist genauso. Karla spürt die Kälte auf der Haut und die Wärme im Körper, das Schlagen der Spurwellen und die kribbelige Ungewissheit beim Eintauchen in die Dunkelheit des Waldes.
Das Spannen auf meinem Gesicht ist mein Lächeln. Erinnerungslächeln. Das hart werden kann wie eine Maske. Die Augen brennen. Drängen hervor und werden aus den Höhlen fallen. Am unteren Lid schon das Pochen. Zucken im Mundwinkel.
Mein Lächeln zersplittert mein ganzes Gesicht.
Ihr fehlen die Kinder. Karla vermisst sie sehr. Die Tage sind noch eintöniger, schwerer und stiller geworden.

Abendbrot erstmals allein mit Eltern und Schwiegereltern. Als Karla aufblickte, über den Tellern nur graue Köpfe. Und plötzlich wurde ihr schlecht. Rebellierte der Magen. Würgte der Käse im Hals und liess sich auch nicht mit Tee wegspülen. Die Hand vor dem Mund, rannte sie aufs Klo.
Dabei wollte sie es ja nicht so. Und was sollte das auch, jetzt bereits, in frühester Trauer.
Wenn ihr nur jemand helfen könnte, klar und sachlich auseinandersetzen, was wirkliche, echte Trauer ist. Grenzen ziehen. Anhaltspunkte geben, an denen sie sich orientieren könnte.
Schmerz. Ja. Das leuchtet ein. Aber der Schmerz des Ekels. Des Ekels vor sich selbst. Diese Unwissenheit. Diese wirre Ansammlung von Erinnerungen, Wünschen, Ängsten, Sehnen. Die Passivität des Erduldenmüssens. Die Ratlosigkeit. Diese Überlebensversuche nach Erinnerungsmustern. Das Gefühl stehenzubleiben. Einzupuppen. Sich selbst verlieren. Eines Tages unter allem verschwunden sein.

«Man grübelt zuviel, denkt zuviel und kommt dabei doch nicht weiter», sagte die Schwiegermutter, «alle Sinne sind überreizt. Du solltest abends nicht mehr so lange aufbleiben und mehr schlafen», und weinte dabei. Nach dem Abwasch gingen die Schwiegereltern nach Hause. Wie jeden Abend. Der Vater mit dem breiten, kräftigen Rücken. Jetzt gebeugt. Unsicher am Stock stapfend. Die Mutter klein. Geschrumpft. Ihr vormals so energisch langer Schritt jetzt nur noch ein unsicheres Trippeln. Karla stand auf den beleuchteten Eingangsstufen und schaute ihnen nach. Nebeneinander gingen sie, alte Eltern, die ihren Sohn überlebten, auf dem Heimweg, Abend für Abend, zu zweit, ohne sich dabei zu berühren, jeder für sich allein, in der grossen Einsamkeit.

Später, als ihre Eltern schon längst hinauf ins Zimmer gegangen waren, Karlas Schwester am Telefon. Am Vortag waren mit der Post ihre beiden Ton-Elefanten angekommen. Ein kleiner mit hängendem Kopf für traurige Tage und ein grosser, tanzender, mit hochgerecktem Rüssel für fröhliche Stunden und mit grossen steifen Ohren zum Tapfersein. Am Telefon war ihre Stimme belegt.

«Auch wenn wir wieder so weit weg sind», sagte sie, «sind unsere Gedanken doch mehr bei euch als hier. Oft sind es die kleinen Dinge, die so weh tun. Gestern abend sagte Tanya beim Zubettgehen plötzlich: Und wenn ich in den Osterferien am Flugplatz ankam, hat Jacques mich immer in den Arm genommen. Durchs Alltagsleben hier zu Haus und die Entfernung zu euch ist alles noch viel unwirklicher, als es sowieso schon ist. Weil wir uns ja sonst auch nur zu Besuchen sahen. Alles ist eigentlich wie immer, nur wenn wir an die Woche bei euch denken, alles in Gedanken noch einmal zurückholen, das plötzliche Wissen, alles ist doch nicht nur ein böser Traum.»

Karla tröstete. Gab sich hoffnungsfroh. «Wir haben so viel Schönes erlebt. Jacques' Leben war so reich. Du weisst, ich glaube ja an Vorbestimmung, dass jedes Leben seinen eigenen Sinn hat, seine eigene Bedeutung, die wir vielleicht höchstens erahnen.» Und nach einer kleinen Pause, wie die Schwester schweigt. «Wenn ich nicht daran glauben würde, Christiane, was könnte mir dann noch helfen?» «Ja», sagte ihre Schwester, mit spröder Stimme und doch ganz sanft, «natürlich Karla. Ich wollte dir ja auch nur sagen, dass wir an euch denken. Ganz fest.»

Das Zittern wird verschwinden. Karla wird eine warme Milch trinken und dann wirklich zeitig ins Bett gehen. Niemals hat sie bisher anderes als warme Milch mit oder ohne Honig zur Beruhigung genommen. Auch zum Anfang nicht. Keine Schlaftabletten, keine Beruhigungspillen, kein Aufputschmittel. Wenn es durchlebt werden musste, wenn ihr dieses Schicksal bestimmt war, wollte sie es auch so bewusst tragen wie nur immer möglich. Und hat es bis jetzt geschafft.

Im Flur, als sie das Licht löschen wollte, fielen ihr die Hunde ein. Beim Verrühren des Futters in der Schüssel steht plötzlich Jacques lachend im Garten, in der alten US-Army-Kutte, die jungen Hunde vom Wurf im letzten Sommer an einem aufgelösten Seilknäuel hin- und herwirbelnd.

Als Didi, den sie für sich behalten hatten, tollpatschig hochsprang und die Nase in den Flockenbrei stupste, wusste sie, dass Jacques nicht mehr da war. Sie brachte den Hundenapf in die Veranda und setzte sich dann in den hochlehnigen Sessel im Wohnzimmer, angespannt. Und hörte in die Stille. Hart die Füsse auf dem Boden und den Körper vorgeneigt. Jetzt wusste sie es.

Ich bin allein.

Ich denke wie immer, dass ich das das erste Mal jetzt wirklich bewusst erkenne. Ich höre mir selber zu, wie ich in mich hineindenke. Ich kann mich auf meine Trauer einstellen. Sie kommt wie eine Welle. Erst sanft und nur langsam anschwellend. Hochgeschleudert und mitgetragen fühle ich sogar einen Augenblick Beruhigung. Zufriedenheit. Trauere nur. Weine dich aus. Endlich wieder einmal. Verrichte die notwendige Leidarbeit. Trage den Berg ab.

Und jedes Mal unterschätze ich ihre Wucht, die mich überschlägt, ihren Sog, der mich in die Tiefe reisst, ihren Druck, der mir den Atem nimmt.

Du bist nicht mehr da.
Du bist nicht mehr bei mir.
Alle Bilder sind nur noch Erinnerung. Vergangenheit.
Und ich hab' dich so lieb.

Etwas gegen die Wand werfen.
Wut ablassen. Schmerz.

Karla knipst alle Lampen aus. Im Dunkeln überwindet sich der Zerstörungsdrang leichter. Sie will jetzt nichts kaputtmachen. Alles hier im Haus erinnert an Jacques. Seine Jacke über dem Treppenpfosten, obwohl sie die sonst fast täglich seufzend in die Garderobe getragen hatte, der Tenniskoffer auf dem Stuhl im Flur, seine Kleider im Schrank, der Fahrradschlauch für die Frühgymnastik an der Badezimmerheizung, der Pyjama, ungewaschen neben ihrem Kopfkissen, seine Brieftasche auf dem Nachttisch. Und in der Agenda noch immer Jacques' Schrift.
Schreien.
Endlich!
In mir fremden, noch niemals artikulierten Lauten.
Kräftig auf jeden Fall.
Alles aus mir herausbrüllen.
Bis die Wände wackeln.
Die Scheiben klirren.
Nachbarn die Polizei alarmieren.

Aber wer schreit schon wirklich!

Die Hunde schlagen an.
Wenn jetzt jemand käme. Wenn jetzt jemand plötzlich vor der Tür stünde. Der käme zur rechten Zeit. Der sähe meine wahre Not. Der würde endlich erfahren, wie es wirklich ist.

Vielleicht würde sie nicht einmal öffnen. Erst die Tränen wegwischen. Eine Handvoll kaltes Wasser ins Gesicht schütten. Die Trauernde kennt man zuversichtlich und gefasst. Die Nichttrauernden bewundern diese Stärke.
Karla knipst die Leselampe wieder an.
Danach muss sie im Sessel eingeschlafen sein.

Mit dem Frühzubettgehen wird auch heute nichts. Es ist bereits mitten in der Nacht, und trotzdem muss sie noch die Badewanne füllen. Ohne abendliches warmes Bad geht es nicht mehr. Nie mehr wird sie von alleine warm in diesem leeren Bett. Die erste Woche hatten die Kinder bei ihr geschlafen, und ihre Körper hatten Hitze ausgestrahlt wie glühende Kohlen, aber seitdem die beiden wieder in ihre eigenen Zimmer umgezogen sind, helfen nur noch heisse Bäder.
In der Wanne sitzt sie zusammengekrümmt. In Embryohaltung im warmen, leicht bewegten Wasser. Dabei ist ihr Baden immer zu umständlich gewesen, zu aufwendig. Früher hat sie lieber geduscht, heiss und kalt, morgens.
Wenn die Hitze schon fast nicht mehr zu ertragen ist, trocknet Karla sich ab, torkelt, jeden Abend nun dasselbe, bereits halb ohnmächtig ins Bett, rollt sich auf die Seite, mit angezogenen Knien.
Sie, Karla. Die am liebsten auf dem Rücken schlief, lang ausgestreckt, keine Hand, keine Decke durfte sie drücken und beengen. Früher.
Annehmen. Begreifen. Erkennen. Verstehen. Verinnerlichen. Umsetzen. Annehmen. Begreifen. Verarbeiten.
Aufnehmen. Sinnerkennen. Begreifen. Verstehen. Annehmen. Verkraften. Erdulden.

WINTER

Weiss der Himmel, wie das hatte geschehen können. Ich bin ein Teig. Hefeteig oder ähnliches, jedenfalls mächtig aufgegangen und mürbe. Aber eigentlich ist es auch wunderbar.
Ich schaue aus allen Fenstern zugleich, in mannigfaltigen Figuren und Bewegungen, schlenkere über den Balkon, locke die Leute von der Strasse in den Garten, das Haus.
Jeder darf sich ungeniert bedienen. Es ist genug da für alle. Abgerissenes quillt sofort wieder nach, ohne irgendwelche ersichtlichen Lücken zu hinterlassen.
Das muss wie ein Lauffeuer in der Stadt herumgegangen sein, denn innert kürzester Zeit bin ich umringt, werde angehoben, gezerrt, bekniet. Die einen graben ihre Finger in die weiche, wolkige Masse und walken den Balg durch, reissen erst, nachdem sie bis zu den Ellenbogen darin herumgerührt haben, ein Stück zum Formen und Kneten ab.
Andere bedienen sich sofort. Zupfen eine Handvoll, probieren, würzen nach mit Kräutern, Salz, Honig und Zucker und gehen dann an die Arbeit. Manche kommen mit Plastiktaschen, Eimern und Schüsseln und tragen Mengen fort. Andere haben eine Rutschbahn aus dem oberen Stock geformt; aus Fenstern hängen sie wie an Gummiseilen und schaukeln bis in das Geäst der Linde.

Überall im Garten und weit die Wiese hinunter bis an die Strasse türmen sich die geformten Gebilde, geometrische Figuren und Fabelwesen mit Flügeln und Schlangenarmen. Der Bauer kommt und hat das weisse Nashorn vorgespannt. Seit wann ist das gezähmt?
Neulich noch hatte es mit seinem elfenbeinfarbenen und gefährlich auszackenden Rohrhorn die Anwohner der grünen Parklandschaft erschreckt. Ich selbst hatte mich mit der ganzen Familie im Geräteschuppen versteckt halten müssen, als es, nur über der Hecke mit der fliegenden weissen Mähne sichtbar, an unserem Grundstück vorbeigedonnert war.
Aber der Bauer hat es vor den Maisdrescher gespannt, der im Zickzackkurs alle Teiggebilde in sich hineinfrisst und im Gras braune Ackerspuren hinterlässt. Vorne auf dem Bügel steht unser Freund Kiewi. Er hat einen Pfarrersrock an, schwarz mit weissem Stehkragen, durch dessen seitliche Ausschnitte rosa Ohren wachsen, wie aufgeblühte Lilien an dicken Stielen. Er schwenkt einen Scheinwerfer und ruft: Liebe Trauergemeinde, ach liebe, liebe Trauergemeinde; dann beisst er in einen Apfel und spuckt das Gehäuse in weitem Bogen aus.
Im Haus herrscht ein beträchtliches Spektakel, aber ich kann die Leute nicht mehr sehen. Sie haben riesige Höhlen und Gänge gegraben, und was sie darin treiben, geht mich nichts mehr an. Dabei ist die Umgebung jetzt sehr hübsch, ein sommerliches Tal, bunte Wiesen, dunkle Wälder, Schnee wie Zuckerguss über den hohen, gezackten Dreieckspitzen der Berge. Das Auto kommt den Bach hinabgeholpert und bleibt auf einem ausgewaschenen Felsplateau stehen. Immer mehr Zirkusleute klettern heraus, aus den Türen, den Fenstern, dem Kofferraum und unter der Kühlerhaube hervor, und kommen lachend und schwatzend zu mir herüber. Die Strasse ist übermalt, sagen sie, mit entsetzlichen Farben, dikker Farbe, an der man sich schmutzig mache, das wollten sie nicht riskieren. Dann breiten sie eine Decke aus und laden mich ein.

Pilze, Fasan, Rehrücken in Aspik, geröstete Heupferdchen. Das ist das Schöne an der Natur, sagen sie, man braucht nicht zu hungern. Die feinsten Delikatessen bieten sich geradezu an. Ich fühle mich die ganze Zeit beobachtet.
Später weiss ich, dass die Hasenaugen auf dem Vanilleeis mir zugezwinkert haben.
Das ist alles nichts für dich, sagt Tante Frieda, du musst erst viel älter werden. Mich haben sie früher mit der Königinmutter verglichen, weil ich immer einen Schleier trug.
Da pocht es dreimal, dass der Fussboden wackelt, und Onkel Alberts Rufen dröhnt aus dem Nebenzimmer. Tante Frieda wird bleich und fängt an zu zittern. Er sieht entsetzlich aus, sagt sie, nur noch Haut und Knochen, ganz wund vom vielen Liegen, überall durchgescheuert. Aber das Herz, das Herz ist einfach zu stark.
Im Teich quaken die Frösche, der alte grosse Pavillon mit den geschnitzten Seitenwänden ist verlottert wie eh und je, und auf dem Gartenklo kann man durch die Brille hindurch sich immer noch direkt in den See erleichtern. Die Pflaumen sind reif, und da kommt Tante Frieda wieder, ganz in Schwarz. Es ist soweit, sagt sie, nun können wir endlich feiern, im Gartenhaus, und eine Kapelle wird spielen, und wir werden lustig sein und tanzen wie früher. Dann muss sie weinen und stellt sich dabei ans Ufer, damit es niemand sehen kann, und die Tränen vermischen sich gleich mit dem Seewasser.
Ein Musiker mit dunklen Augen und struppigem Schnauz spielt Geige und streift mit seinem Bauch Tante Friedas Brustspitzen. Da klopft Onkel Albert mit dem Stock, dass zwei Holzbodenbretter durchbrechen. Aber Tante Frieda lacht, alles durchgescheuert, sagt sie, alt und kaputt, nur das Herz nicht, das dumme, starke Herz. Sie wickelt mich in ihren schwarzen Schleier, der sich durch den ganzen Park schlängelt.
Du siehst aus wie die Königinmutter, sagt unser Freund Kiewi; der Schleier ist im Schilf über den See gespannt, über-

fächert den Gartentisch, die Steinbank. Friedlich sieht das aus im Sonnenlicht, doch hinter der Trauerweide, dort wo das Nachbargrundstück beginnt, sehe ich das weisse Nashorn frei herumgaloppieren.

Ich will schreien, aber sie stopfen mir den Mund mit Hirschrücken und Fasan und Kuchen und Vanilleeis und reden auf mich ein, iss dich nur richtig satt, Kind, so gute Sachen gibt es nicht alle Tage. Ich schlucke und würge und weiss ganz genau, in welcher Gefahr wir uns befinden.

Auf der Festtafel, mit je einem Kerzenleuchter am Kopf und zu Füssen, liegt Onkel Albert, mit eingefallenen Augen, abgenagt bis auf die Knochen.

Unter dem Tisch sitzt Kiewi und schnitzt mit einem kleinen Messer langnasige Gesichter und verknorrte Grimassen in Onkel Alberts alten Gehstock.

Der Musiker hat den Arm um Tante Friedas Schultern gelegt und fiedelt jetzt so nah an ihrem Körper, dass sich der Streichrhythmus auf sie überträgt.

Tante Frieda zieht den Schleier fester um meine Arme und wiegt mich an ihrem ungenutzten Altjungfernbusen.

Niemand ahnt die Gefahr, und doch ist das weisse Nashorn nicht zu übersehen, wie es jetzt mit sternförmig ausgesplittertem Horn direkt auf unsere Gruppe zudonnert.

Erstaunlicherweise hat Karla einen guten Schlaf. Vielleicht ist sie zu müde, zu verausgabt.

Nur das Einschlafen in der Kälte gelingt ihr nicht, gegen Morgen ziehen die Träume auf. Viel wirres und vielleicht auch deutbares Zeug.

Aber warum, Jacques, träume ich nie von dir? Von uns?

Warum kommst du nachts nicht zu mir?

Das wäre eine Lösung. Und welches Glück. Ein lebbares.

Mit welcher Vitalität würde ihr die Arbeit am Tag von der Hand gehen, könnte sie Zuversicht, Hoffnung, Stärke verbreiten im Wissen, Jacques nachts bei sich zu haben. In ihren

Träumen mit ihm die alten Erinnerungen leben. Mit der Zeit sich weiter vorwärts wagen. Ganz neue Möglichkeiten schaffen. In dieser neuen Welt die Hemmnisse des gewöhnlichen Alltags überwinden, mit ihrem Zusammenleben experimentieren, ohne es zu gefährden. Das weite Land der Phantasie stünde ihnen offen. Welches Glück könnte sie jedesmal hinüber in den Morgen ziehen, mit all den bunten Erinnerungen. Kinder, Eltern, Freunde, Arbeit könnten von dieser neuen Lebensfreude profitieren.
Aber noch niemals, so sehr Karla sich das auch wünscht, hat sie bis jetzt Jacques in einem der vielen Träume wiedergefunden.

Fastnachtsumzug.
Claudia und Natalie in Kostümen, die blassen Gesichtchen ein bisschen geschminkt. Fliegende Händlerinnen in Sachen Schönheit.
Letztes Jahr waren sie mit dem Handwagen losgezogen. Meerjungfrauenbrauerei. Jacques hatte ihnen beim Schmükken mit den Kreppblumen geholfen und als Überraschung, weil es schneite, den grossen weissen Sonnenschirm geopfert, ihn an das Wagengeländer gebunden und Ornamente mit blauer Farbe draufgespritzt. In grossen Flaschen hatten sie grünen und roten Sirup zum Verteilen an die Zuschauer mitgenommen, enttäuscht über deren Unverständnis und Schwerfälligkeit waren sie zurückgekommen. Und dieses Jahr wollten sie nun trotzdem wieder mitmachen. Aus einem ganz eigenen, starken Bedürfnis heraus, ein Stück aktive Trauerarbeit zu leisten. Karla hatte sie dabei unterstützt.
«Wenn ihr wollt, wirklich wollt, ist das richtig. Euer Leben ist traurig und einsam genug geworden. Schwerer als das vieler Erwachsener. Der Papa hätte euch niemals so traurig machen wollen, und wir glauben ja daran, dass er an einem guten, nicht vorstellbar schönen Ort ist. Wo wir uns später

irgendwann alle wieder treffen. Aber jetzt ist unser Leben hier, unser eigenes Leben, und jedes Leben für sich hat seinen ganz eigenen besonderen Wert, und alles, was man will, richtig ehrlich will, kann man auch und sollte man auch tun.»
Was die anderen Leute dabei vielleicht denken, ist ganz egal. Niemand konnte ja wirklich helfen, auch nicht den Kindern. Alle leben immer wieder ihr eigenes Leben, und das gibt schon Schwierigkeiten genug. Also sollen die Kinder an die Fastnacht. Sollen ausgelassen und fröhlich sein, so gut es ihnen gelingt.
Aber es gelingt nicht so gut. Sie sind nur mutig und tapfer und wollen nicht aufgeben. Karla steht mit der übrigen Verwandtschaft fast am Ende der Umzugsstrecke, und die zwei sind schon müde, entmutigt, kommen eng nebeneinander, still. Die Musik ist sowieso schon weit vorne und die andere noch weit hinten, der Zug auseinandergerissen, das Publikum lahm und lustlos vom langen Warten und der Kälte, taut nur auf, wenn Bonbons und Orangen fliegen, Träger einer Maske erkannt werden.
Eure Traurigkeit, ihr lieben zwei, bemerken nur wir, die euch liebhaben.

Unter den Wartenden ringsum erkennt Karla einige. Flüchtige Bekannte. Gesichter, die sich eingeprägt haben, denen man hin und wieder begegnet. Manche grüssen, drehen sich aber schnell wieder weg, andere blicken lange und interessiert herüber, dass es auffällt. Anscheinend wissen viele Bescheid. Vielleicht sind welche darunter, die den Mut zum Schreiben einer Beileidskarte gefunden hatten. Jetzt halten sie Abstand.
Karla und die Ihrigen sind eine kleine, isolierte Insel. Manche scheinen überhaupt unangenehm überrascht, sie hier zu finden. Trauernde im Fastnachtsrummel. Aber ein Paar löst sich aus dem Spalier gegenüber und kommt zu ihnen heran. Eltern von Claudias Schulfreundin. Sie sprechen über die Kinder

und dann plötzlich über das, was vor einem Monat geschehen ist. Das breite, lachende Gesicht der Frau wird ernst, aber nicht trüb. Sie versteht. Vor Jahren ist ihr ein Sohn gestorben. Unfall auf dem Schulweg. Eine schwere Zeit für die ganze Familie. Deshalb also. Das Wissen dieser Menschen um die schwierige Zeit danach. Dieses Hin- und Hergerissensein zwischen Vergangenheit, Trauer, Gegenwart und der Suche nach neuer, möglicher Lebensform. Ihr Entgegenkommen empfindet Karla ganz stark als Hilfe zu einem Vorwärtsschritt in die ‹normale› äussere Welt. Dabei versteht sie auch die Hemmung der anderen. Von früher her. Die Unsicherheit, wie einem Trauernden zu begegnen ist, aus der Unkenntnis einer solchen Lebenssituation. Das Fremde dieser Aura. Auch die Angst, etwas falsch zu machen, den Schmerz vielleicht zu vertiefen, die Frage, ob überhaupt noch ein Zugang möglich und erwünscht ist – und dann die Konsequenz: zurückziehen und schweigen.

Wie die Kinder Karla und die anderen sehen, werden sie munter, kommen angelaufen, malen allen Herzen und Kleeblätter auf Wangen und Stirn, lachen und albern herum, greifen unter die Deckel ihrer grossen Pappkarton-Bauchläden und zaubern da einen bunten Konfettiregen hervor, der in Haare, offene Münder und Kragen der Umstehenden rieselt.
Nachher, beim Nachmittagskaffee, erzählen sie sprudelnd von ihren Erlebnissen. Leute, die geschimpft haben, wenn ihnen Konfetti entgegenflog, die sich wehrten, bemalte Handrücken und Creme auf die Nasenspitze zu bekommen. Die Kinder verstehen nicht, warum diese Leute überhaupt am Strassenrand stehen, wenn sie fast nie klatschen, warum sie nicht mitsingen, wenn die Musik vorbeikommt, sich nicht von den Clowns auf Rollschuhen an der Hand fassen lassen. Warum sie kommen und zuschauen, wenn es ihnen anscheinend gar keinen Spass macht.

Karla ist stolz auf die beiden. Sie haben wieder ein bisschen Farbe bekommen. Die Augen sehen nicht mehr so glasig, fiebrig aus, die Gesichtszüge sind froher, nicht mehr so von Trauer zerschwemmt.
Welche Kraftreserven in euch. Welch gesunder Lebenswille. Ihr werdet es schaffen, ganz sicher, das liegt in euch drin.

Am Abend hat Karlas Vater die Koffer gepackt, die Sache mit der Mutter bereits besprochen. Karla muss nur noch die Platzbuchung für den nächsten Tag besorgen. Ihr Vater, der Angst vor dem Fliegen hat, will die Heimreise jetzt allein wagen. «Mutti bleibt hier», sagt er energisch, «so lange du sie brauchst. Macht euch keine Sorgen um mich. Ich komme schon zurecht.»
So sicher ist Karla da nicht. Die Kuraufenthalte der Mutter hatte er jeweils schwer verkraftet. Einmal war er kurzerhand ins Auto gestiegen und hatte 600 km wie ein junger Draufgänger an einem Stück zurückgelegt, um wenigstens am Wochenende bei ihr zu sein. Aber diesmal gibt es nichts einzuwenden. «Denn das hier ist wichtiger», sagt er und legt den Arm um Karlas Schultern und drückt sie einen Moment hart an sich. Wie lieb er es meint und wie unwichtig es ist, dass er darüber nicht sprechen kann.
Am nächsten Morgen kommt Yvonne vorbei. Karla macht Kaffee und spricht über den bevorstehenden Rückflug ihres Vaters. Yvonne bietet sich ohne Umstände an, ihn über die unsicheren Winterstrassen zum Flugplatz zu bringen.
Noch nie zuvor ist Karla so bereit gewesen, sich helfen zu lassen. Sich einzugestehen, dass sie Hilfe braucht und will. Nie zuvor ist ihr aber auch so bereitwillig so viel Hilfe angetragen worden. Sie hatte nichts geahnt von diesen Kräften der Freundschaft, dieser Liebe, diesem Einsatzwillen.

«Es ist schön, echte Hilfe zu leisten», sagt Yvonne. Sie sind sich alle viel, viel nähergekommen. Sie spüren einander und sprechen darüber und haben keine Hemmungen mehr, in die Tiefen ihrer Gefühle, Ängste, Sehnsüchte, Freuden und Trauer zu steigen. Weinen miteinander. Als hätten Jacques' Tod und die Trauer, diese schmerzhaften Erlebnisse, ihr Innerstes aufgeschlossen vor anderen und auch vor ihnen selbst. Wie gut es ist, keine Angst mehr zu haben vor den Worten Glaube, Hoffnung, Schmerz, Seele, Angst, Gott, Liebe, Verzweiflung, Trost, Himmel, Tod und was wohl danach sein wird.

Der letzte gemeinsame Kaffee für diesmal. Im Wohnzimmer, vor dem Kamin. Yvonne kommt und trägt den Koffer zum Auto. Abschiednehmen. Als Karla ihren Vater küsst, merkt sie erschrocken die Veränderung. Plötzlich etwas Greisenhaftes in dem markanten Gesicht, den bisher so vertrauten kühnen Zügen. Die Augenlider rötlich entzündet, die Haut aschig fahl. Und die athletische Gestalt im Wintermantel jetzt auf eine ganz unbekannte Weise zerbrechlich. Die Hände fassen fest, warm und trocken wie immer. Aber das Zittern?
Wieso ist ihr das alles vorher nicht aufgefallen? Ist es erst hier geschehen? Erst in den letzten Stunden? Oder war sie in ihrer Trauer so blind auf sich selbst gerichtet?
Dieser Kloss plötzlich im Hals, das Brennen. Karla hält ihren Vater fest im Arm. Sie möchte ihn nicht gehen lassen. Eigentlich möchte sie ihn und ihre Mutter beide hierbehalten, vielleicht für immer. Plötzlich diese Angst, ihn vielleicht nie mehr umarmen zu können, ihn nicht mehr wiederzusehen und so viel versäumt zu haben, so viel Ungesagtes, so viel hätte sie noch wissen wollen über sein Leben, die schwere Kindheit, den Krieg, Stalingrad, die Gefangenschaft an der Wolga. Weil er ihr erst in den letzten Jahren ihres Erwachsenseins richtig vertraut geworden ist, sie ihn und sein früheres Verhalten erst aus der eigenen Rolle als Elternpart hatte verstehen können, wäre noch so viel nachzuholen. Es sollte nicht

schon wieder ein Leben ausgelöscht werden, das noch so sehr hierher gehört. Die Ferientage der Eltern bei ihr waren neben dem Alltagskram, der Beschäftigung mit Kindern und Tieren immer auch angefüllt mit Berichten über zu Haus, dem Austauschen von Neuigkeiten, Besuchen, Ausflügen, dass die Zeit jeweils zu schnell verging. Viel Wichtiges unberührt blieb. Verschoben auf später. Dann wieder vergessen, verdrängt. Diese plötzliche starke Sehnsucht, in biographische Tiefen der Angehörigen zu tauchen, war überhaupt neu. Wahrscheinlich Folge der jüngsten Lebenserfahrung.

«Wenn ich zu Haus bin, ruf ich gleich an», sagt ihr Vater, «macht euch bloss keine Sorgen. Ein Gutes hat das Fliegen ja, runter kommt man immer», und lächelt ein bisschen.

Karla und ihre Mutter bleiben auf der Treppe stehen und winken dem Auto hinterher, bis es nicht mehr zu sehen ist. Gerade, wie Karla die Haustür aufklinken will, fährt der Briefträger auf seinem Fahrrad vor. Klaubt einige Post aus der abgegriffenen Ledermappe und reicht sie über den Gartenzaun.

Manche Tage kommt nichts ausser Prospekten und Werbeblättern, und heute sind es gleich drei wichtige Briefe. Das Militär fordert die Hinterbliebenen zur Rückgabe der an das verstorbene Armeemitglied ausgehändigten Ausrüstung auf, der Gemeinderat meldet den Abschluss und die Genehmigung der öffentlichen Inventaraufnahme, die endgültige Bearbeitung wird jedoch noch einige Wochen dauern. Aus M. kommt eine Absage zu der noch im alten Jahr auf kommenden September fest zugesagten Batikausstellung. Der neue Kurdirektor schätzt zwar die alte indonesische Kunst des Stoffärbens und deren künstlerische Ausdrucksmöglichkeiten, die Kulturkommission zieht aber dennoch ihre definitive Zusage zurück, da sie vorläufig nur Gemäldeausstellungen machen will.

Im ersten Moment ist Karla wie vor den Kopf gestossen, begreift den Sinn gar nicht recht. Definitiv war für sie definitiv, vor allen Dingen bei diesen konservativen Leuten. Und wenn sie an die Ausstellung dachte, die sie damals auf die Idee zur eigenen Anmeldung gebracht hatte: fünfmal Capri im Sonnenaufgang und etwa zehn Akte der Frau des Künstlers und wahrscheinlich auch noch ein paar andere naturalistische Abbildungen. Statt Tränen bekommt Karla plötzlich einen Lachanfall. Nichts gegen den Maler. Aber soll die ängstliche Kunstkommission sich ihre Ölschinken doch an den Hut stecken.
Natürlich hatte sie sich auf M. gefreut. Wenn auch mit gemischten Gefühlen. Ob sie es noch schaffen würde, neue Bilder zu machen? Jacques würde ihr auch hier, neben allem andern, ganz stark fehlen. Er hatte immer die Rahmen gezimmert, beim Spannen geholfen, zusammen mit ihr die Preise berechnet. War an den Vernissagen als ausgleichender, ruhender Pol immer erreichbar in ihrer Nähe gewesen. Viele Bilder vom letzten Jahr waren für diese Ausstellung vorgesehen. Einige neue sollten noch gemacht werden. Vom festen Termin hatte sie sich Anstoss und Kraft dazu erhofft. Manchmal, in den letzten Tagen besonders, hatte sie in sich hineingehorcht und geglaubt, irgend etwas wachsen zu spüren, das mit neuer Kreativität zu tun haben könnte.
Dass sie jetzt nicht enttäuscht war, lag vielleicht auch an der Stärke der Trauer, neben der viele Dinge unwichtig und banal wurden. Vielleicht war das jetzt überhaupt das erste Mal, dass Trauer sich nicht nur als Herausforderung, Belastung und kräftezehrende Arbeit zeigte, sondern auch als neues und starkes Lebensgefühl.

Der nächste Brief bringt ganz andere Schwierigkeiten. Er fordert neue Aktivität. Denn es würde nicht mehr lange dauern, und Karla stünde mittellos da. Trotz Eigenheim, Bankkonto, zustehender Witwen- und Waisenrente. Die

Aufnahme des öffentlichen Inventars hatte die Sperrung des Bankkontos bis zur eigentlichen Erbschaftsteilung bedeutet. Und die Mühlen der Sozialversicherung mahlen langsam. Mit den ersten Zahlungen ist nicht vor März zu rechnen. Hätte der Bankdirektor ihrer Filiale nicht gleich zu Anfang ein Einsehen gehabt und ein paar separate Eingänge auf das Geschäftskonto direkt ausgezahlt, hätte sie schon seit einiger Zeit die Hilfe ihrer Eltern oder Freunde in Anspruch nehmen müssen. Um nicht einmal in diese Situation zu kommen, setzt Karla, ohne noch lange drum herum zu studieren, die Idee um, die ihr in letzter Zeit immer häufiger durch den Kopf gegangen ist: das Krankenhaus anzurufen. Verlangt den Oberarzt und meldet sich zur Arbeit zurück. Nicht nur aushilfsweise, wie bisher, sondern für regelmässigen Dienst, jeden Vormittag. Erhält dafür die Zusage zum notwendigen Gehaltsvorschuss bei Arbeitsbeginn am Mittwoch.
Richtig klar wird ihr dieser Schritt erst, als sie den Hörer bereits wieder aufgelegt hat. Eine wichtige Entscheidung ist getroffen. Gegenargumente sind jetzt sinnlos. Aber hatten denn jemals andere Möglichkeiten offengestanden? Arbeiten musste sie. So oder so. Von der Rente allein würden sie nicht leben können, und weil das Geld für den Lebensunterhalt eben regelmässig eintreffen musste, war an eine Verlagerung der Einkommensquelle zum Beispiel auf die Malerei gar nicht zu denken. Die konnte höchstens hier und dort einen Zustupf bedeuten, wenn jetzt überhaupt noch Zeit dazu bleiben würde.

Karla setzt sich zu ihrer Mutter auf das Sofa vor den Kamin. Der Kaffee ist inzwischen kalt geworden. Die Mutter ist mit der neuen Entscheidung nicht ganz einverstanden. Zwar geht es ihr natürlich nicht um Arbeit an und für sich, sondern um diese spezielle. Karla wieder als Sekretärin im Krankenhaus? Zusätzlich zur Trauer so vielen menschlichen Verletzungen, Nöten, Ängsten, Schmerzen ausgesetzt, gefällt der Mutter

gar nicht. Sie erinnert daran, wie Karla bereits früher zeitweilig darunter gelitten hatte, mit dieser Arbeit den Patienten so hilflos gegenüberzustehen und nur passive Protokollarin all dieses Leids zu sein. Aber Karla hört gar nicht richtig zu. Es hat ja jetzt sowieso keinen Sinn mehr, Für und Wider zu erörtern, sie hat sich entschieden, entscheiden müssen aus einer Situation heraus, die ihr keine grosse Freiheit lässt. Fast ein bisschen bös ist ihre Stimme, abweisend jedenfalls die schroffe Bewegung, mit der sie die Beine anwinkelt, aufs Sofa zieht und die Füsse unter die Rückenlehne schiebt. Denn irgendwie hat es sie doch ziemlich stark getroffen, als ihr nach dem Telefongespräch bewusst wurde, wie sehr sich ihr Leben verändert hatte und noch verändern würde. Zum Teil unter weiterem Zwang. Dem Zwang zum regelmässigen Verdienst, das Haus zu unterhalten, alleine entscheiden zu müssen über weitere Lebensgestaltung und spätere Berufsausbildung der Kinder. Der Druck, der wie eine zu enge Bluse immer wieder ihren Brustkorb schnürte, ist nun wieder da.
Und die Stimmung auf dem Sofa vor dem Kamin bleibt bedrückt. Da kommt der Schwiegervater gerade recht. Karlas Mutter geht in die Küche, neues Kaffeewasser aufzusetzen, und Karla holt Papier und Kugelschreiber für die Aufstellung der Militärsachen: zwei Uniformen, Mützen, ein Mantel, Schuhe, Rucksack, Tornister, Essgeschirr, Verpflegungssack, Bajonett, Sturmgewehr, Munition, Dienstbüchlein. Das meiste davon steht auf dem Boden, und wie sie es zusammenträgt, klingelt das Telefon. Ihr Vater war heil zu Hause angekommen, in der Wohnung war alles in Ordnung und Peter, der Kater, bei der Pflege durch die Nachbarin recht rund und dreist geworden.
Die Mutter ist aus der Küche gekommen, steht in der Tür zum Wohnzimmer und raucht in kleinen Zügen eine Zigarette. Immer noch etwas Kummer von vorhin im Gesicht. Karla reicht ihr den Hörer, und die Mutter fragt ein bisschen verhalten in die Muschel: «Hallo, Otto?» Auf der anderen

Seite die tiefe Stimme, ruhig und gelassen. Die Mutter setzt sich auf einen Stuhl, zieht den Aschenbecher vom Telefonschränkchen in die Nähe und drückt den Hörer fest ans Ohr. Langsam schmilzt auch wieder das kleine Leid in ihren Mundwinkeln.

Am nächsten Morgen fährt Karla mit dem Schwiegervater zum Zeughaus. Im Materialmagazin sind die Bänke in dem kleinen Abteil vor dem Ausgabetisch schon ziemlich besetzt. Ein Mann mittleren Alters hat aus irgendeinem Grund ebenfalls seine Ausrüstung abzuliefern, zwei Rekruten tauschen Kleider um, die aus verschiedenen Gestellen im angrenzenden Lager zusammengesucht werden müssen. In einer Ecke sitzt ein junges Paar.
Karla hilft ihrem Schwiegervater beim Abstellen des Tornisters und zerrt dann die Riemen des Rucksacks über ihre Schultern, nimmt beim Hinsetzen das Gewehr zwischen die Schenkel und den Mantel über die Knie. Bilder der Erinnerung: Jacques im ersten Ehejahr auf dem sonnengelben Flurteppich in ihrer Wohnung kniend, breitet den dicken, grünen Mantel vor sich aus, legt die Ärmel straff nach innen, schlägt die äusseren Seitenteile sorgfältig zur Mitte, zupft Kragen und Saum gerade und wickelt dann alles zur Wurst. Karla, mit verschränkten Armen am Rahmen der Küchentür, erstaunt über diese Prozedur und Jacques' Lachen; Spott und Übermut in der Stimme: Was nutzt ein Mantel, wenn er nicht gerollt werden kann. Einmal auch hatte ich dir, Jacques, die schwarzen, schwedischen Holzpantinen bringen müssen, abends, mit dem Auto in ein Dorf auf der anderen Seeseite. Vor dem abendlichen Ausgang hatte dich ein Vorgesetzter aufgehalten, ein junger Leutnant, auf die braunen Schuhe gezeigt und die Vorschrift zu schwarzen im Dienstreglement hingewiesen. Du hattest aber keine schwarzen Schuhe dabei, und in deinem Reglement war das auch nicht verlangt. Der

junge Mann wurde wütend und zitierte dich samt Büchlein auf die Wache, wo sich herausstellte, dass du, einige Jahre älter als das karrieresüchtige Bürschchen, ein veraltetes Reglement besasst.
Es wurde ausgewechselt und die Frist zur Garderobenanpassung mit dem nächsten Tag begrenzt. Ich brachte dir die schwarzen Holzpantinen, und du stiegst hinein mit nackten Füssen, dass hinten beim Gehen die hellen Fersen unter den grünen Hosenbeinen aufleuchteten.
Aber der Mann an der Materialannahme spielt sich nicht auf. Fast gerät Karla in Panik, weil sie glaubt, das Bajonett vergessen zu haben. Schliesslich kommt doch noch alles zusammen. Der Mann fragt nach Kindern, und wie Karla nickt, legt er den Rucksack, den Essnapf, Besteck und Taschenmesser zur Seite und händigt ihr die Dinge aus, nachdem sie in einem anderen Büro die schriftlichen Formalitäten erledigt hatte.

Nun hat das also auch schon begonnen. Die ersten Sachen von Jacques sind ausser Haus gebracht, haben Leerräume im Kleiderschrank und auf dem Boden hinterlassen. Den Gedanken, dass einmal irgendwann vielleicht all seine ganz persönlichen Sachen – Kleidung, Unterwäsche, Skier, Fahrrad, Tennisschläger – aus dem Haushalt verschwunden sein werden, traut sich Karla nicht fertig zu denken. Versucht diese Angst zu dämpfen. Hält ihr eine andere Aufstellung entgegen: Jacques' Bücher, Schallplatten, seine Briefe, Kinder- und Jugendfotos, Schulzeugnisse, seinen alten Metallbaukasten und sein Schachspiel und Jacques' Schrift in der Agenda behält sie ja. Das alles würde nebst Erinnerungen immer bleibender Teil ihrer Verbundenheit sein.

Claudia verbringt Stunde um Stunde in ihrem Zimmer mit Lernen, jeden Tag. Mit ernstem, willensangespanntem Gesichtchen. Es geht auch allein. Sie hat es von ihrem Papa gelernt und wird es jetzt beweisen.

Natalies Lieder sind immer noch verstummt. Seit nun fast zwei Monaten. Früher war ihre Heiterkeit sogar Fremden aufgefallen. Mehr als einmal war Karla auf der Strasse von Leuten angesprochen worden, die sich über das trällernde Kind freuten. Dafür malt Natalie. Jetzt öfter als früher. Schon in der ersten Woche hat Karla von ihr einen Urwald geschenkt bekommen. In goldbraunen Farben. Und oben, in Natalies Zimmer, über dem Schreibtisch, hängt ein buntes Haus mit offenen Fenstern, einem grünen Rasen, einem Papa mit dunklem Haar und Vollbart, der mit einer Hand den Rasenmäher schiebt und mit der anderen winkt. Hinüber zu seinen beiden Töchtern – zwei schwarzen Mädchen auf schwarzen Ponys. Aber hinter dem grünen Berg wölbt sich eine mächtig strahlende gelborangerote Sonne.
Seitdem Karla wieder arbeitet, verrinnen die Tage in einer Gleichförmigkeit, die vielleicht beruhigend, kräftigend ist, vielleicht aber auch immer weiter abtötet, denkt Karla manchmal ängstlich, ängstlich aus der Furcht heraus, in seichtes, stehendes Wasser geraten zu sein. Der Strom vor ihr strudelt und gluckst in offene Ferne, neuen Überraschungen und Veränderungen entgegen, während sie in der Enge ihrer Bucht langsam in sich hineinmodert, schwermütig und abgeschirmt unter der Entengrütze und früh vereist.
Jeden Wochentag morgens zur gleichen Zeit aus dem Bett, duschen, anziehen, die Kinder wecken, Frühstück miteinander; wenigstens das, wenigstens noch die Geschichten der Kinder, ihre vollen Münder, rollenden Augen, herausgekicherten Krümel auf der Tischplatte. Dann schneller Abschied, Fahrt zum Krankenhaus, im Wartezimmer bereits Patienten vom ersten Bus aus den hinteren Dörfern.
Natürlich, sie hat jetzt ihre Arbeit in einem vertrauten, geselligen Team. Wenig hat sich verändert in den letzten Wochen. Oberarzt, Assistenzärzte, OP-Schwester Ute, Bögeline, die erste Sekretärin, alles bekannte Gesichter. Fragten nicht mehr lange, machten kein grosses Gerede mehr, schlossen den

achtwöchigen Spalt, waren schon nach den ersten Stunden wieder die fröhlichen, sachlichen, nervösen, spöttelnden, aufbrausenden, zickigen, albernden Kinder der grossen Ambulanzfamilie. Und der neue Praktikant hat sowieso nicht viel mitbekommen, vergöttert den Oberarzt, schmeichelt im Sekretariat herum, buhlt um Einladungen zum alltäglichen Nachmittagskaffee wie schon all die andern vor ihm.
Und dann die Patienten. Mit ihren Leidensgeschichten und Lebensgeschichten, die so oft bei den Karteieintragungen auch noch herausrutschen. So viel gibt es zu hören. So viele unglaubliche Schicksale, dass Karla mit dem ihrigen erst ganz am Anfang zu stehen scheint. Aber es bedrückt sie heute nicht mehr so wie früher. Sie ist ruhiger und dabei doch mitfühlender, teilnehmender geworden. Überquellende Redeflüsse bringen sie nicht mehr ausser Fassung. Sie hört viel genauer zu und ist dennoch viel bestimmter in der Zeiteinteilung. Es war gut, hatte sie sich zur Rückkehr ins Krankenhaus entschlossen. Wie zusätzlich trist und öd wäre die Arbeit im Büro irgendeines Handelsunternehmens geworden.
Aber so stark sie auch am Vormittag beruflich der Aussenwelt nahesteht, privat ist sie es nicht. Zwar kommen noch ziemlich oft Freunde auf Besuch. Aber die Gespräche drehen sich immer im Kreis. Karla ist noch nicht soweit, wieder regelmässig Zeitungen zu lesen, Bücher, weiss auch wenig über das Geschehen in der Stadt, hat auch noch keine Ferien gemacht und plant bis jetzt nichts für den Sommer. Ihr Leben hat seine ganz eigenen Gesetze erhalten. Verbindend bleiben das Wetter, die Hausarbeit, die Schule der Kinder und die vielen Erinnerungen. Und in allen Gesprächen sind Karla und die Kinder Hauptpersonen. Sie. Die Leidenden. Tapferen. Bedauernswerten. Starken. Bewunderten. Eines Tages wird ihre Besonderheit sie alle drei losgetrennt haben vom Normalen, Alltäglichen. Vereinsamt treiben sie dann ab. Schon fremd. Bald vergessen. So wird es herauskommen. Karla ahnt das. Und weiss nichts dagegen.

Wenn Bekannte kommen, die sich bisher aus Scheu oder anderen Gründen persönlich zurückgehalten haben, erzählt Karla die ganze Geschichte: vom Abend vorher, der zärtlichen Nacht, dem wunderschönen Morgen und der grossen Trostlosigkeit danach. Sie erzählt aus irgendeinem unbegreiflichen, aber standhaften Zwang, der ihr jetzt oft richtig widerwärtig ist. Aus einem völlig irrationalen Bedürfnis zu informieren, redet sie und redet, obwohl sie eigentlich gar nicht mehr will. Die Kinder, sind sie in der Nähe, blicken nur kurz auf, bevor sie dann das Zimmer verlassen. Abwehr in den Gesichtern, Überdruss.
Karla weiss es ja: Ihre Stimme hat einen wehleidigen Klang bekommen, erzählt schleppend und fremd, wird erst wieder gewohnt lebendig, wenn sie von ihren Jetztbemühungen spricht, in der veränderten Lebenssituation zurechtzukommen. «Sprich nur», sagt ihre Mutter, «das muss alles raus.» Aber Karla ist da gar nicht mehr so sicher.

FRÜHLING

Karlas Mutter hat ein ernstes Gesicht. Sie packt die Koffer und geht noch einmal ins Dorf, Abschied zu nehmen. Sie hat eine unruhige Nacht verbracht, denn im Traum hatte ihr Mann sie wissen lassen, dass er sie braucht. Sie glaubt, nach Hause zurückfliegen zu müssen, und Karla ruft ohne Einwände am Flughafen an, bucht für den nächsten Morgen. Yvonne ist auch diesmal bereit zu chauffieren.
Erst in der Dämmerung kehrt die Mutter zurück. In der Küchentür stehend, ein paar prallgefüllte Papiertaschen in der Hand, bestellt sie Karla Grüsse von einer Freundin, die sie im Ort getroffen hat. Später geht Karla zu ihr ins Zimmer hinauf. Die Mutter kniet auf dem Boden vor dem Bett und macht Päckchen für Claudia und Natalie. Sie will sie ihnen aufs Kopfkissen unter die Bettdecke legen, morgen, wenn die beiden bereits in der Schule sind. Ersatz für den nun fehlenden Gutenachtkuss der Oma.

Als Karlas Mutter angekommen war, vor mehr als zwei Monaten, zwei Tage nach der traurigen Nachricht, war ihr Gesicht fahl gewesen, mit vereinzelten roten Flecken. Tiefe Schatten unter den Augen, über den Backenknochen die Haut wie geknittertes Pergament. Nichts mehr von Gelassenheit und Heiterkeit. Nichts mehr vom Wirschaffensschon-, vom Irgendwiewirdsimmerwiedergehen-Blick. Im Vergleich dazu wirkt sie jetzt erholt. Sie hat für die Kinder Röcke genäht, Pullover gestrickt, Westen gehäkelt, und seitdem Karla arbeitet, sogar versucht, sich Besen und Handfeger gefügig zu machen, mal ein kleines Mittagessen zu zaubern. Ihre Haut ist straffer geworden, leicht gebräunt und frisch. Ihre Augen haben wieder den vertrauten, ihrem Alter mächtig nachhinkenden lebhaften Glanz bekommen, ihre Bewegungen wieder Vitalität. Jetzt, in ihrem Zimmer vor dem Bett, sieht sie müde und traurig aus. «Irgendwie», sagt sie und nestelt an einer Schleife und blickt nicht auf, «habe ich das Gefühl, etwas passiert mit mir, gegen das ich nicht ankomme. Ich ging durch die Strassen und habe in die Schaufenster geschaut und in die Gesichter der Leute, und etwas in mir hat gedacht, hier bist du doch zu Haus, hier ist Leben, hier wirst du gebraucht, hier sind Enkelkinder ganz nah, warum fliegst du morgen, ist denn nicht hier dein Platz? Ich habe Ursi getroffen, und wir haben uns miteinander unterhalten, und dann kam noch eine andere Frau dazu, die ich nicht kannte, und alles war mir so vertraut.» Ihre Finger zupfen an der Schleife, ohne dass daran noch etwas hätte verbessert werden können. «Aber irgendwie», sagt sie mit leiser Stimme, «muss ich wohl stillhalten, ist etwas mit mir vorgesehen, und ich muss es annehmen. Denn ich kann nicht bleiben, verstehst du, hier wäre ich keine Minute mehr ruhig, selbst wenn Vati am Telefon sagen würde, dass zuhause alles in Ordnung sei. Ich könnt's nicht glauben.» Sie nimmt die Arme von der Bettdecke und lässt sie schlaff am Körper hängen. Karla sieht den gesenkten Kopf, der Scheitel schimmert rosa durch das grauweisse Haar, und sie wird unendlich traurig. Über das, was alles geschehen ist, und auch das, was jetzt hier passiert. Die Mutter – die ja auch ein Stück Karla ist – trotz aller seelischen Stärke dieser neuen, inneren Bedrängnis so hilflos ausgeliefert.

Karla kniet neben ihre Mutter und schlingt die Arme um ihre Schultern und spürt dabei das kurze, kräftige Haar an der Wange.

Am nächsten Mittag, nach der Arbeit, sind zwar die Kinder schon daheim, aber trotzdem fühlt sich Karla verlassen. Ohne ihre Mutter ist das Haus ein weiteres Stück still und leer.
Um sich abzulenken, den verstärkten Druck in der Brust zu lösen, beschliesst sie zu rennen. Das erste Mal wieder. Mit den Hunden. Durch die Felder hinter dem Garten, über die Hauptstrasse, den steinigen Weg hinauf und dann zum Waldrand. Dort läuft ihr plötzlich Didi davon. Spaziergänger sagen ihr, dass er zurück Richtung Dorf gerannt sei. Wieder auf dem Feldweg zur Hauptstrasse, sieht sie das schwarzgetupfte Fell bereits um die Zaunecke trudeln. Und oben, im ersten Stock, steht Claudia am offenen Fenster und verschwindet erst, nachdem Karla ihr zuwinkt.
Meine tapfere Claudia, die mich an der Tür schon wieder so gelassen begrüsst. Was muss in ihr vorgegangen sein? Das letzte Mal, als die Hunde von einem Ausflug am gegenüberliegenden Hang allein zurückgekommen waren, ist ein Tag draus geworden, den wir nie vergessen werden.
Dort oben, in den Feldern, auf dem Hang, habe ich mein Herz arbeiten gespürt. Mal als kräftigen Muskel, mal wie eine weiche Schwammasse. Auf deinem letzten Weg.
Hattest auch du dich damals so gefühlt?
Hattest du etwas gespürt? Geahnt?
Dein Dorf, dein Haus, dein Garten, deine Heimat dir zu Füssen. An diesem wunderschönen Sonntagmorgen. In klarer, kalter Januarluft, unter hohem, blauem Himmel. Sonnenglitzern auf den Schneefeldern. Im Süden der zackige Horizont blauweisser Gebirgsketten. Flacher und weniger begrenzend als jetzt, bei Föhn, der zum Greifen nah das Tal verkürzt.

All die offenen Fragen. Fragen, auf die es keine Antworten mehr gibt. Damit fertigwerden. Mit dieser Endgültigkeit.
Einen Augenblick, als Didi davongelaufen war, als ich den Ort, Haus und Garten unter mir liegen sah, mein Herz spürte, meine vernachlässigte Kondition mich fast völlig im Stich liess, die Beine schwer wurden und der Atem keuchend, hatte ich Angst. Ich möchte dir gerne so ganz nahe sein und weiss doch, dass das nicht geht. Nicht richtig wäre. Ich hierbleiben muss. Hierbleiben will. Bei den Kindern. Dass ich nicht aufgeben darf. Dass ich an mir arbeiten muss. Stärke entwickeln. Meinen Körper trainieren. Sorgfältig mit meiner Kraft umgehen. Weil es so bestimmt ist, dass die Kinder und ich hierbleiben sollen. Weil Zweifel und Auflehnung nicht helfen. Nichts ändern. Nur zu viele Kräfte verbrauchen.
Weil ich eine wichtige Aufgabe habe.
Und weil jeder sein Leben leben muss.
Darum will ich mich öffnen, meine Seele, meine Augen.
Fühlen und sehen und hören und atmen.

Dieses frühlingshafte Aufbrechen der Natur ringsum. Wie gut das tut und gleichzeitig schmerzt. Die Jahreszeiten mit ihren Veränderungen, immer der gleiche Kreislauf, der Boden unter meinen Füssen, die Bäume, die Schneeberge, der Himmel und unser so verletzbares Menschenleben wie ein Staubkörnchen darin.
Nach dem Laufen hat Karla weiche Knie. Auf der Treppe muss sie sich richtig zusammennehmen, um nicht einzusinken. Der Atem geht keuchend, sie sieht ihre Herzschläge gegen den Pullover hämmern, spürt Pochen in der Schläfe. Sie ist körperlich total ausgepumpt und fühlt sich trotzdem richtig wohl. Erwärmt, durchblutet und frei im Kopf wie lange nicht mehr.
Ja, ich will stark und grossartig sein und unser Leben packen und auf dem Muster der vielen guten Erinnerungen erneut ein tragbares Da-sein schneidern, weit und mit vielen Taschen

mit Platz für uns drei und wenn ’s sein soll für den Rest der Welt.

Vorwärtsschritte

I

Wieder alleine einkaufen gehen.
In ein kleines Geschäft oder mit dem Korbwagen durch die Gestellreihen des Einkaufsmarktes ohne die Mutter, Schwiegermutter oder eines der Kinder. Wieder Menschen beobachten. In Augen blicken. Stehenbleiben. Ein wenig reden. Ohne die ganze Geschichte zu erzählen. Dennoch künstliche Augenblicke. Karla fragt die anderen nach ihrem Befinden, und sie weichen aus, antworten vage. Auch unausgesprochen wird Karlas Schicksal zum Massstab.

II

Freunde haben Karla zu einem Konzert mitgenommen.
Besuch der ersten öffentlichen Veranstaltung. Immer in diesem Jahr wird irgend etwas wieder das erste Mal sein.
Beim Klaviersolo sammeln sich plötzlich Tränen in Karlas Augen, so stetig und stark, dass sie sie nicht zurückhalten kann. Auch nicht mit dem Taschentuch. Der Schmerz in der Brust weitet sich aus, und die Tränen laufen in Bächen über ihr Gesicht und tropfen auf Bluse und Rock. Die Freunde können auch nicht helfen, haben selbst versteinerte Gesichter bekommen. Der fremde Mann neben Karla macht eine vorsichtige Bewegung, dreht seinen Kopf leicht zu ihr, aber sie tut, als würde sie nichts merken, und schaut mit aufgerissenen Augen geradeaus auf die Bühne.
In der Pause, im Foyer, Orangensaft und Wein. Viele Hörer scheinen in Paaren oder Gruppen gekommen zu sein. Sitzen an niederen Tischen, stehen herum. Ein Mann lehnt an einem Pfeiler. Eine Frau steht etwas breitbeinig. Der rechte Arm ist

steif nach unten gestreckt. Eine Henkeltasche in der Hand. Weisse Knöchel schimmern durch die gespannte Haut. Die linke Hand hält ein Glas. Führt es mit einem mühsam wirkenden Anwinkeln zum Mund.
Die Freunde neben Karla stehen nah zusammen und sprechen leise und vertraut miteinander.

III

Das Bettzeug ist gewechselt.
Nach fast drei Monaten.
Ich habe mein Gesicht in die Bezüge gegraben, die Nase gegen den Fleck im Laken gedrückt. Elf Wochen habe ich in diesem Bett geschlafen seither. Die ersten Tage mit den Kindern zusammen. Claudia fest schlafend, aber immerfort seufzend und redend und mit den Zähnen knirschend. Und Natalie, mit ihrer kleinen warmen Hand bei jeder meiner Bewegungen herübertastend. Morgens beide still, bleich, aber mit wachem Blick. Wir schaffen es. Wir schaffen es ganz bestimmt.
Ich ohne euch, ihr zwei – wer weiss?
Ich finde dich im Geruch des alten Bettzeugs nicht wieder. Und doch liegen die Bezüge immer noch auf dem Schlafzimmerboden. Ein Stück Trennung mehr.
In diesen Stoffen haben wir uns das letzte Mal geliebt, waren ganz nah beieinander, noch einmal verbunden, haben geschlafen, ist deine Hand zu mir herübergekommen, hab' ich mich wohlig in einen Sonntagmorgen geräkelt ohne Misstrauen, ohne geringste Ahnung.

IV

Karla rechnet die Tage zurück. Vergangene Zeit. Dazwischenzeit. Noch niemals in ihrem ganzen Leben hat sie sich so zwiespältig gefühlt; mit der Sucht nach vergehender Zeit und der Trauer um jeden Tag Abschied mehr.
Wie gut, dass es Frühling ist. Wie schlimm, wenn es jetzt

Winter würde, die Tage kurz, die Strassen leer, Häuser und Natur verschlossen.

V

Karla hat die schwarzen Kleider ausgezogen.
Trauer lässt sich nicht an Kleidung und Farbe messen.
Wieso muss man Schwarz tragen? Schwarz ist eine vornehme Farbe, man trägt zur Beerdigung und in der Trauer Schwarz, um dem Verstorbenen damit eine letzte Ehre zu erweisen.
Dreimal hatte Karla bis jetzt nach Todesfällen das Bedürfnis verspürt, sich schwarz zu kleiden. Den Wunsch, sich auf traditionelle Art mit ihren Gefühlen abzukapseln. Mit achtzehn Jahren, als ihre Grossmutter plötzlich und völlig unerwartet gestorben war, und ein paar Jahre später beim Unfalltod einer Freundin. Jetzt, im hellen Frühlingslicht, zwischen all dem aufkeimenden Leben, hat sich das Gefühl geändert. Zu auffällig sticht das Schwarz aus dem Bunt ringsum hervor. Zu lange schon ist sie damit unterwegs. Sie fühlt sich ausgestellt, findet in den Blicken, die sie treffen, ein erkennendes Aufflackern.
Karla hat diesen Augenblick des Erschreckens genutzt, die schwarzen Kleider wegzuhängen. Es gibt keinen echten Zusammenhang zwischen Trauer und Farbe. Keinen wirklichen Zusammenhang zwischen Trauer und diesen Äusserlichkeiten.
Warum aber tut es dann doch so weh?

VI

Milde Tage. Sonne. Die Forsythien blühen, und um die Obstbäume im unteren Garten schwimmt blauer Katzenschaum.
Der offene Kofferraum bei Freunden neulich hat Karla betroffen gemacht. Rüsten zum Reisen.
Unsere Aufbrüche. Ausbrüche. Kurzentschlossen. Kleinen Ausflüge. Wochenenden. Unsere Ferien.

Freunde, Zeit heilt, sagt ihr.
Alle seid ihr davon überzeugt, sagt ihr – dass ich nicht lache, Zeit kriegt unter, sag' ich euch, habt ihr das nicht gewusst, dann sag' ich es euch jetzt, Zeit lullt ein, vielleicht, aber heilen? Du schaffst es, sagt ihr, du hast Kraft, du bist stark, das merkt man, sagt ihr, du packst dein Leben an, ja, das will ich ja, aber was heisst denn das, das Leben packen.
Ins Kino gehen. Ins Theater. Mit den Kindern eine Fahrradtour machen. Vielleicht doch Ferien planen. Ins Café gehen. Unter Menschen sein. In Gesichter schauen, in fremde, ernste, verschlossene, lachende Gesichter, die nicht zu mir gehören, mich vielleicht sehen, ansehen, mal lächeln und dann vorbei.
Sagt mir, Freunde, wo ist der Zipfel, an dem sich das Leben packen lässt.
Du siehst gut aus, sagt ihr. Man merkt, dass es bergauf geht. Ich schminke mich wieder. Oliv auf die Lider. Beige zum Abdecken der Augenränder. Halte mich aufrecht der inneren Schmerzen wegen und habe die schwarzen Kleider abgelegt. Wir reden über den Sommer, mögliche Reisen, schliesslich geht das Leben weiter, ich bin jung und hübsch, und das Leben wird mir mit allen Freuden auch wieder offenstehen, sagt ihr.
Und vor dem Fenster der Frühling. Goldener Forsythienregen. Sonnenwärme an den Scheiben. Milchiger Dunst. Und das Kribbeln auf den Handinnenflächen. Das Drängen im Körper. Das Hinausrennen- und Umarmenwollen. Und dieser unbeschreibliche Schmerz.
Die Schatten in meinen Augen, die sich mit keinem Lachen aus dem Spiegel wischen lassen. Und Schatten auf meiner Seele, den kein guter Wille erhellt.
Wozu all diese Anstrengungen.
Wozu Zeit gewinnen.
Was kann sich jemals ändern. Soviel vergeudete Kraft.
Nicht mehr ans Telefon gehen. Keine Tür mehr öffnen. Den

Hohlweg hinaufrennen. Durch den Wald. Durch die Wiesen. Vorbei an der Schlosskapelle. Unserer Hochzeitskirche. Hinüber zum See. Immer weiter. Nicht auf die Angst des Körpers hören. Die versagenden Kräfte ignorieren. Das Pochen im Hals und in den Schläfen. Den Druck im Schädel. Das Torkeln und Stolpern der Füsse. Immer weiter. Einfach nicht mehr anhalten. Bis zum grossen Feuerwerk. Irgendwann wird es mit einem Knall enden. Mit einer Explosion. Im Hirn. In der Lunge. Im Herzen. Alles legst du ab. Den ganzen Ballast. Schritt für Schritt. Nichts berührt dich mehr. Nichts geht dich mehr wirklich was an. Je kraftloser du wirst, desto mehr drängt sich nur das Weiter in den Vordergrund. Bleiben Wie und Wenn zurück. Alles wird sich klären. Wenn du nicht mehr da bist, wird es neue Lösungen geben müssen, für die du nicht zuständig bist. Der ganze Kampf wäre dann für immer vorbei.
Warum macht auch diese Verlockung nur noch trauriger?

Weitere Versuche

VII

Karla hat Freunde eingeladen.
Das erste Mal.
Zu mir.
In mein Haus.
Zu meiner Musik.
An meinen Tisch.
Zu meinem Essen.
Meinem Wein.

Wo bleibt der Besitzerstolz.
Die Freunde bringen kleine Geschenke mit. Nicht wie üblich Wein, Blumen, sondern liebevoll zusammengestellte und ausgesuchte Dinge. Eine selbstbestickte Schürze mit Küchen-

motiven und Karlas Namen, eine emaillierte Gürtelschnalle, Biedermeiersträusschen aus Bonbons für die Kinder. Dem Verstorbenen kann kein besserer nachträglicher Freundschaftsdienst mehr erbracht werden, als dass man sich besonders nett um seine Hinterbliebenen kümmert. Wenn Karla es wünscht, wird man auch Aktivitäten mit ihr und den Kindern unternehmen.
Eine veränderte Situation, für Karla. Hat sie mit Jacques auch sich selbst verloren? Wie schwer es ist, in solchen Situationen die richtigen Worte zu finden. Aber Karla wehrt den Vorschlag ab, Sommersonntage im Freundesgarten am See zu verbringen. Mit Claudia und Natalie ist sie lieber am offenen Ufer. Wo Kinder kreischen. Bälle und Frisbeescheiben fliegen. Hunde um Badetaschen schnüffeln. Jugendliche auf Decken balgen. Babys zwischen den Knien und auf den Bäuchen ihrer Eltern herumklettern. Dem Draussenleben so nah. Auch wenn's weh tut.
Es ist allen richtig wohl, der Wein, die Erinnerungen, ihre Nähe eine warme Höhle. Gegen Mitternacht steigen die Freunde paarweise in ihre Autos und fahren davon.

Wie arm ich geworden bin!
Ob das helfen würde, ein Körper?
Ich kann mir ein paar Augen vorstellen.
Zwei oder drei Paar Hände.
Manche Stimme.
Aber *keine Achselhöhle*.

Ja.
Ich habe trauern wollen.
Ich habe lernen wollen zu akzeptieren.
Ich habe stark sein wollen.
Aber je mehr Zeit verstreicht, je routinierter ich im Weiterleben werde, je glatter der Alltag verläuft, desto weicher wird der Boden unter dieser Sehnsucht in mir.

Wie war ich verwöhnt an Zuwendung und Liebe. Die Vertrautheit unserer Körper hat uns seelisch frei gemacht. Wir waren so jung, wie wir uns fühlten. Jetzt stehe ich da, mit meinen zeitlosen Gefühlen, meinen geweckten, verwöhnten Sinnen, meiner gesammelten Liebe, meiner Lust an Zärtlichkeit und sehe die Veränderung in meinem Gesicht, an meinem Körper, die langsam alternde äussere Hülle.
Werde ich mich nicht ganz verlieren? Verletzt. Alleingelassen. Überfordert. Genügt, was in mir ist, den Anforderungen der äusseren Vergänglichkeit?
Wo ist mein Katzengesicht? Wo die sportlich trainierte Figur? Die bewegliche Taille? Das glänzende Haar? Die samtene Haut? Wo bin ich?
Karla steht vor dem Spiegel. Runde Schultern. Volle Brüste. Alles üppiger als gewohnt, aber immerhin noch harmonisch. Ja. Sie streicht mit verschränkten Armen über ihre Haut. Welche Verschwendung, denkt es in ihr. Dann steht Jacques hinter ihr. Umfasst sie mit beiden Armen, legt, wie so oft, seine Zähne an ihre Schulter mit einem Geräusch, als würde er einen knackigen Apfel anbeissen. Deine Augen. Dein Verlangen. Dein Kommen.
Diese Sehnsucht nach Deinen Händen auf meiner Haut.
Diese Sehnsucht nach Deiner Haut unter meinen Händen.
Diese Sehnsucht nach Deinem Körper.

Karla steckt die Nase tief in den Ärmel des orangen Langlaufanzuges und hat gleichzeitig Angst, die Reste von Jacques' letztem Geruch herauszusaugen. Verloren dann für immer.

Die Nächte ohne Dich. Die Nächte ohne Deinen Körper.
Die Nächte ohne Deine Wärme. Ohne Dein Leben.
Nächte in einem toten Bett.

Über das Trauern kann man lesen. Gute Bücher sind Karla von guten Freunden geschenkt worden. Aber nirgends hat sie einen Hinweis darüber gefunden, was aus der Liebe wird. Dem plötzlichen Alleingelassensein mit Liebesfähigkeit, mit Liebeswillen, Liebeslust, Zärtlichkeit.
Manchmal wacht sie nachts auf. Mit der Erinnerung an Träume. Oder das Nichteinschlafenkönnen zwingt ihr Wachträume auf. Manchmal erschreckt sie darüber.
Einmal, als sie erwachte, hatte sie im Traum ganz intime Liebkosungen erfahren von jemandem, an den sie sich nachher genau erinnerte. Den sie kannte. Der ihr nahestand. Wie konnte das geschehen nach so kurzer Zeit? Sie dachte nach darüber. Begann mit ihren Gedanken um diese Person zu kreisen. Sie einzukreisen. Sich daran festzusaugen. Unter allen Freunden hatte sich ihre Sehnsucht einen der ältesten ausgesucht. Einen, der sie kannte, wie sie war. Seit Jahren. Lachend. Traurig. Gereizt. Schwanger. Ausgelassen. Krank. Trotzig. Fröhlich. Einen, der ihr leidverändertes Gesicht vielleicht noch immer liebte. Den ihre Gedanken formten und kneteten, dass er in ihre Träume passte. Einer wurde, dem ihr Persönlichkeitsverlust jetzt nichts ausmachte, den es nicht störte, wenn sie bodenlos war, ängstlich, entwurzelt. Einer, der sie liebte, wie sie war. Einer wie Jacques. Ein neuer Körper für seine Seele.
Zerrissenheit in mir.
Trauer und Lebenshunger im Kampf.
Ein gewaltiger *Schmerz*.
Wie könnte ich wirklich ausgelassen, fröhlich an morgen denken ohne dich, an ein neues, anderes Glück vielleicht, nach all dem, was wir miteinander hatten.

Die Landschaft vor dem Fenster ist verändert.
An den Zweigen der Linde sitzen blasse Blätter. Die Forsythien sind grün geworden. Gelb jetzt Hugonis und Gold-

regen. Pfingstrosenrosa in der windgeschützten Wärme des Ziermäuerchens. In der Zaunecke süsser Fliederduft unter den Birken.
Das hellgrüne Gesprenkel sich öffnender Knospen im Untergehölz der Waldränder. Der warme Wind. Schwarzgepflügter Boden. Feuchter Erdgeruch. Vom Wolkengebirge im Norden schwimmen träge dicke weisse Büschel heran, streifen den Waldrand und schieben unter der Sonne hindurch mit ihren runden Schatten das Licht über die geometrische Architektur der bewirtschafteten Felder am gegenüberliegenden Hang. Bunte Primelflecken auf dem Rasen. In den Birken das Eichhörnchen vom letzten Jahr. Überall Erwachen, aufbrechende Triebe, neues Leben.
Aber
nie nie nie nie
nie mehr du.

Karlas Sucht, sich selbst weh zu tun.
Vier Monate sind vergangen. In vier Monaten, hat sie wohl vor vier Monaten gedacht, ist Zeit vergangen, hat sich einiges geklärt, wird es uns allen etwas besser gehen, haben wir gelernt, das Leben weiterzuleben.
Nach aussen wirkt ihr Leben tatsächlich beruhigt. Alltäglich. Aber die Oberfläche ist brüchig.
Die Kräfte sind verbraucht. Die Wärme der Erinnerung zu Schmerz verklumpt. Die Phantasie gestorben. Die Jetzttrauer bietet keine Ansatzpunkte für Bewältigungstaktiken mehr.
Du fehlst mir. Du fehlst uns. Du fehlst so sehr, dass wir es fast verschweigen. Dich nicht mehr zu haben ist wie ein Suchtentzug, der Geist, Sinne, Körper, Organe, Seele gleichermassen quält. Wie die Fältchen auf meiner Netzhaut mit dünnen Fäden jeden neuen Blick zum Vorausgegangenen verbinden, wirkt die Trauer unsere Vergangenheit, Gegenwart und Zukunft ineinander.

Neulich ist Natalies Gesicht im Schlaf ganz nass gewesen, und als Karla es mit der Hand trocken wischen wollte, drängten unter den geschlossenen Lidern Tränen nach. Claudia lernt weiterhin bleich und ernst und angespannt für die Schule, ist gereizt und beherrscht, dass es Karla hilflos macht.
Angst vor einer falschen Berührung. Einem nachlässigen Wort. Unbedacht etwas in ihren Seelen wieder aufzureissen, zu zerbrechen, was so mühsam zusammengehalten wird. Dass es, wie mit einer Flutwelle, ihre kleinen Körper fortschwemmen könnte.
Würgende, unfassbare, dunkle Angst vor einem nahen, unentrinnbaren Abgrund. Einer nicht lenkbaren, neuerlichen Katastrophe. Einem Abgleiten, miteinander, haltlos, hilfelos.

erkennen verstehen begreifen
vereinnahmenverinnerlichenumsetzenbe
greifenverarbeitenaufnehmenanne
hmenaufsichnehmenert
ragenumsetzenverarbeitenbegre
ifenerduldenverkraftendulenanerarbeitenaufsichtierenver-
inne
stehenerkennenbegrenehtradultgen

Vor dem Radiowecker steht dein Bild.
Die dunklen Haare springen vom Wirbel in weichen Linien auseinander, trennen sich über der rechten Schläfe, fliessen über die Stirn vor den Ohren in den Vollbart. Wie kräftig der aussieht, und wie weich er war. Wie schnell er wuchs. Alle zwei Wochen musstest du ihn schneiden.
Dein Gesicht verändert sich im Licht und je nach Wölbung des Fotopapiers. Manchmal ist dein Blick ganz tief, leuch-

tend. Oder das Grübchen über dem rechten Mundwinkel macht dich spitzbübisch. Manchmal siehst du sehr ernst aus, auch traurig, und ich weiss nicht, schaust du nun so, oder liegt es an meiner Stimmung.
Ich küsse deinen Mund mit weichen Lippen und wische den feuchten Hauch nachher vom Papier.

Tage voller Stimmungswechsel.
Es ist Samstag. Morgens, beim Erwachen, empfindet Karla Freude über den blauen Himmel. Durchs Fenster wärmende Sonnenstrahlen. Im nächsten Augenblick Leere. Apathie. Schlafsucht. Dann, beim Frühstück, gibt's fröhliche Minuten mit den Kindern. Claudia imitiert einen Komiker, Natalie drückt und würgt an ihrem Lachen herum und prustet doch Milchkrümel breitgefächert über den Tisch. Danach die zermürbende Suche nach den Gymnastikhosen fürs Schulturnen. Karla schimpft: «Ich sage doch immer, legt die Sachen abends bereit. Wenn ich nicht immer helfen würde!» Verschlossene Gesichter. Nur ein flüchtiger Kuss an der Haustür. Anders kann es ja nicht sein, bei der Stimmung. Auf der Treppe kommen die Hunde angewedelt. Didi springt an Karla hoch mit einer Kraft, dass sie sich unbeabsichtigt auf die Eingangsstufen setzen muss. «Du tollpatschiges Riesenbaby.»
Befreites und befreiendes Lachen vom Gartentor her. Ein langgedehntes «Tschüüüüs». Winken. «Macht's gut. Passt schön auf euch auf.»
In der Küche dann, im stillen Haus, die angespannte Ruhe. Die Leute, die darüber reden wollen, sagen: Die Kinder scheinen es erstaunlich gut zu verkraften. Und Karla wird jeweils sprachlos. Findet keine Antwort darauf. ‹Scheinen es gut zu verkraften.›
Was heisst denn das? Was bedeutet denn das?

Steckt dahinter wirklich die Mühe von Beobachtungen und Gedanken? Worte sind für Karla nicht mehr so einfach anzunehmen, einzusetzen für Gefühle.
Wie sieht es denn wirklich aus in den Kindern?
Wer kann denn wirklich verstehen?
Was heisst denn mitfühlen, mitleiden, einfühlen, nachempfinden? Nicht einmal ihr als Mutter, glaubt Karla, würde es gelingen, die Kinder gänzlich zu verstehen. Verstandesmässig nachempfinden durch die eigenen Erfahrungen, ja, aber wirklich wissen, was es bedeutet, für ihre Kinder bedeutet, den Vater verloren zu haben, damit fertig werden zu müssen, kann wohl niemand, wo es doch schon so schwierig ist, jeweils mit den eigenen Gefühlen klarzukommen.

Karla räumt die Geschirrspülmaschine aus. Stellt das saubere Geschirr auf den Tisch. Sortiert Besteck in die Schublade. Blickt dabei einmal auf und sieht ihr Spiegelbild in der runden Chromkugel der Küchenlampe über der Tischplatte. Eine Frau im blauen Bademantel vor einer weissen Küchenkombination mit Chromgriffen. Herd, Spüle, Abtropfplatte, rote Keramikkacheln, Geschirr auf der Tischplatte. Die Frau greift mit den Händen nach ein paar Tassen und läuft links um den Tisch herum, vorbei am Fenster, an moosgrünen Vorhängen, zur rückwärtigen Wand, öffnet die Schranktüren und stellt die Tassen hinein, kommt zurück, aber nicht mehr um den Tisch herum, sondern greift jetzt von der anderen Seite Geschirr, verkürzt somit den Weg zum Schrank. Auf dem Fenstersims draussen sitzt plötzlich die Katze, schaut mit grossen, grünen Augen herein, verzieht das Mäulchen, miaut wahrscheinlich. Die Frau lässt einen Moment das Geschirr, öffnet das Fenster, stupft die Katze leicht, weil sie auf dem Fensterbrett zögert: «Na, hopp. Nicht schon so langweilig am Morgen.» Das Tier springt auf den Boden, wölbt den Körper nach oben durch, streicht am blauen Frotteerock herum, schnurrt. Die Frau räumt das Geschirr fertig ein und hat die Katze immer irgendwo zwischen den Füssen, dann nimmt sie eine Tüte Milch aus dem Kühlschrank und hebt den gelben Napf vom Boden, schüttet Milch hinein, füllt etwas warmes Wasser vom Spülhahn auf, stellt die Schüssel zurück. Die Katze hängt ihr Köpfchen darüber, die kleine rote Zunge schlabbert emsig wie ein Fähnchen im Wind. Die Frau geht wieder zum Kühlschrank, stellt die Milch zurück, schliesst die Tür, blickt noch einmal Richtung Kamera und verlässt dann die Küche.

Manchmal ist es tatsächlich wie in der Küchenlampenkugel. Karla hat dann das Gefühl, in einem Kino zu sitzen und Aufzeichnungen über einen Alltag zu sehen, der dem ihrigen gleicht, in dem zufällig sie die Hauptrolle spielt. Ein Alltag, der oft so verläuft, als wäre nichts Besonderes, Einschneidendes geschehen, ein ganz gewöhnlicher Frauen- und Kinderalltag. Und nur innerlich das Unbehagen. Der Druck gegen die Brust. Alles ist doch ganz anders. Für immer ganz anders. Nie mehr wird es so sein, wie es war, wenn sie es sich auch noch so sehr wünscht und das äussere Jetzt dem äusseren Vorher auch noch so sehr gleicht.

Im Wohnzimmer öffnet Karla alle Fenster. Macht Durchzug, und der warme Morgenwind wiegt das Gefieder der Zimmerpalme, blättert im Fernsehprogramm, streicht zart und lau Karlas Wangen, Hals und Beine. Draussen am Gartenzaun bellen die Hunde bös und aufgeregt. Immer wieder stecken Leute Ruten durch die Maschen, werfen kleine Steinchen, drohen mit der Faust, bis die Hunde am Zaun gereizt hin- und herrennen und wütend bellen. Karla hört eine keifende Frauenstimme: «Du verdammter Sauköter, halt endlich die Schnauze.»

Karla zieht die Platte mit den Protestliedern aus dem Stapel neben dem Radio. Seit Wochen liegt sie dort, stets griffbereit, damit Karla nicht lange suchen muss. Konstantin Wecker. Immer öfter braucht sie in letzter Zeit seine Hilfe.

Karla hebt den Deckel des Plattenspielers, legt die Platte auf, stellt die Mechanik ein und führt den Tonarm ein Stück zur Mitte, lässt ihn dann absinken.

Es soll Stimmen im Ort geben, die sich darüber aufhalten, dass Karla nicht mehr schwarz trägt.
Neulich, beim Tennisplatz, zwei freundlich grüssende Männer an der Eingangstür. Als Karla vom Fahrrad stieg, wehten Wortfetzen zu ihr herüber. Lustige Witwe.
Ein Kind hat zu Natalie gesagt, dein Papa ist halt tot, meiner kommt, wenn er stirbt, in den Himmel. Wir haben nämlich den richtigen Glauben. Als Karla den Vater des Kindes bat, aus Rücksicht auf Natalies Gefühle mit seiner Tochter darüber zu sprechen, hat er nur gelacht.
Neulich fragte eine flüchtige Bekannte, im Vertrauen, zwischen Gestellreihen im Supermarkt, ob es stimme, was sie nun bereits öfter von verschiedenen Seiten gehört habe, dass nämlich Karla ihr Haus verkaufe und mit den Kindern zurück in ihre Heimatstadt gehe. – Dabei lebt Karla nun bereits seit fünfzehn Jahren im Ort, zehn davon hier in diesem Haus, ihre Kinder sind hier geboren, gehen hier zur Schule, sie selbst hat ihren früheren Stundenjob im Kreiskrankenhaus zur Halbtagsarbeit ausgebaut.
Wozu das alles.
Hatten die Leute denn nicht genug mit sich selbst zu tun? Welche Befriedigung gibt es, Gerüchte über Mitmenschen in Umlauf zu setzen, Tiere zu quälen, anonyme Telefonanrufe zu machen?

IHR. Fremde. Bekannte. Nachbarn. Menschen. Beiderlei Geschlechts. Vorwiegend Erwachsene jeden Alters. Ihr tut uns weh. Ihr verschlimmert unser Leid.
Nagt an unserm langsam wieder aufkeimenden Lebenswillen. Ihr tut Un-Recht.
Darüber täuscht auch kein sonntäglicher Kirchgang hinweg.

Aber diese Dummheit, Arroganz, Unverschämtheit schmerzen nicht nur. Sie machen Karla auch wütend. Und diese Wut kräftigt. Wieviel mehr Tränen hätte sie schon weinen müssen, wenn nicht zwischendurch immer wieder irgendeine grosse Wut ihr neue Durchsetzungskräfte und Lebenswillen geschenkt hätte.
Draussen am Gartenzaun immer noch der gehässige Dialog. Karla dreht den Konstantin Wecker lauter auf.

Dieser Stadt schwillt schon der Bauch,
und ich bin zum grossen Knall bereit.
Auf den Häusern hockt ein satter Gott
und predigt von Genügsamkeit.

Genug ist nicht genug,
ich lass mich nicht belügen.
Schon Schweigen ist Betrug,
genug kann nie genügen.

Den Refrain singt sie mit und tanzt dazu. Immer ausgeflippter und wilder.

So wie ihr da draussen, die ihr Zeit hergebt im Geschwätz über andere, statt sie selbst zu leben, so wie ihr will ich nicht sein! Mit euch wollt' ich nicht tauschen! Frieren, Leid, Angst, das grosse schwarze Trauerloch, das alles ist auch Leben. Schmerzhaftes zwar, aber immerhin spürbares, berührendes Leben.
Selbst wenn jedes Glück, jede Liebe, jeder seelische Höhenflug immer mit Schmerz, Absturz, Trauer bezahlt werden müssen, ich würde niemals darauf verzichten wollen zugunsten eures kräfteschonenden, dafür vielleicht langlebigen Scheintods.

Der Wecker wird noch lauter. Brüllt durch die Fenster in den Garten.

Viel zu lange rumgesessen,
überm Boden dampft bereits das Licht.
Jetzt muss endlich was passieren,
weil sonst irgendwas in mir zerbricht.

Vielleicht sollten wir wirklich die Koffer packen. Abhauen. Einfach ins Auto steigen und losfahren. Solange die Reifen halten. Solange das Geld reicht. Nach Süden oder Westen. Auf jeden Fall ans Meer. Wo der Wind durch Ohren- und Nasenlöcher das ganze hässliche Zeug aus dem Hirn fegt.
Es wären so viele Arbeiten zu tun. Im Haus. Im Garten. Auch sonst. Beim Auto muss der Ölstand kontrolliert werden. Die Katzen müssten eine Wurmkur kriegen. Für die bevorstehende Erholungsreise der Schwiegereltern sollte die Versicherung abgeschlossen werden. Alle Hähne im Haus tropfen, und der Wasserboiler strotzt vor Kalk. Wenn Karla sich gehenlässt, werden sie alle ersticken. In Wäschebergen. Staubflocken. Papierposttürmen. Hinter verschmierten Fensterscheiben. Zwischen ungemachten Betten. Fleckigen Teppichen und schlecht gelüfteten Polstern.
Und sie schmiert sich ein Brot und macht sich einen Kaffee und setzt sich auf die Verandastufen und möchte da in der Sonne sitzen, als wenn nichts wäre, in dieser Mittagshitze, bis ihr schlecht davon wird.

Natalie kommt mit einem blutiggekratzten Gesicht nachhause. Ein Junge hat sie in die dornige Randbepflanzung des Schulplatzes gestossen. Sie weint vor Schmerz, Wut und Trauer über das entstellte Gesicht. Claudia ist ebenfalls schlechtgelaunt, gereizt, gibt beim Mittagessen zu Karlas Fragen schnoddrige Antworten, Karla wird wütend, fühlt sich selbst überfordert, heute ist Samstag, ihr freier Tag, ein bisschen will sie auch was davon haben, ein bisschen Ruhe, ein bisschen fröhliche Stimmung im Haus. Claudia schreit: «Schliesslich haben wir auch ein Leben, können nicht einfach auf Bestellung grinsen, damit du ein schönes Wochenende hast», springt auf, dass der Stuhl nach hinten wegkippt, und rennt laut schluchzend die Treppe nach oben, knallt hinter sich ihre Zimmertür ins Schloss. Karla will ihr nach, aber Natalie hält sie zurück. Claudia hat auf dem Schulweg am Morgen schon über schwere Glieder und Halsweh geklagt.

Muss denn immer alles zusammenkommen.
Wieso auch immer wieder diese kleinen schmerzlichen Dazwischensorgen. Als wäre nicht schon genug zu tragen. «Das Schlimme, Traurige», sagt Natalie, «ist immer einfach da. Ohne dass man was tut, kommt es. Für das Schöne und Gute muss man immer arbeiten, sich irgendwie anstrengen. Gute Schulnoten, gute Laune, Zufriedenheit.» Solche Worte von solch kleinem Mädchen. Karla hat in letzter Zeit oft gestaunt über die Gedanken und die Lebenserfahrung ihrer beiden Töchter.
Oder hat sie früher nur nicht so genau hingehört?

Sie nimmt Natalie in den Arm: «Vielleicht sind wir auch nur zu traurig, zu angestrengt, um das Schöne zu sehen. Vielleicht passieren auch immer wieder gute Sachen von allein, nur merken wir's jetzt gar nicht mehr.» Aber Natalie schüttelt den Kopf. «Das glaube ich nicht.»

Als sich, nach Stunden, in Claudias Zimmer immer noch nichts gerührt hat, geht Karla nach oben, öffnet vorsichtig die Tür. Claudia liegt im Bett, mit schweren Lidern über glasigem Blick, hat eine heisse Stirn und einen dick zugeklebten Hals. Karla fliegt ins Badezimmer und holt das Thermometer, klemmt es dem Kind unter den Arm. Nach kurzer Zeit steht der blaue Strich beinahe bei vierzig Grad. Mit zitternden Händen wählt Karla die Nummer des Hausarztes, und der verspricht, obwohl Samstagabend, noch vorbeizukommen. Er kennt Claudia ja seit ihrer Geburt.

Keine Diphterie. Gottseidank. Claudia hat eine Kieferhöhlenvereiterung, wer weiss woher, und Angina und muss Penicillin schlucken. Der Arzt lässt die erste Dosis da und schreibt noch ein Rezept für den Notfalldienst der Apotheke, das Karla sofort eintauschen geht. Mit Fieberzäpfchen und Penicillinsirup versorgt, Essigwickeln und Handtuchgamaschen an den Füssen, döst Claudia vor sich hin. Schwer, aber ruhig atmend. Natalie ist auch ins Bett gegangen. Claydermanns ‹Adelaide› rieselt von ihrer Schlafmusikkassette durch die angelehnte Tür. Karla sitzt zwischen den Kinderzimmern im Arbeitsraum. Die Arme auf der Tischplatte verschränkt. Den Kopf darauf gelegt. Und weint. Sie weiss es ja: Ringsum auf der ganzen Welt gibt es Leid und Elend. So viele traurige Geschichten hinter all den fremden Namen und Hausfassaden. Findet im Augenblick aber keinen Trost darin.

Viel Zeit vergeht, bis sie ruhiger wird. Schliesslich steht sie auf, um Claudias Wickel zu erneuern. Da klingelt das Telefon auf dem Tisch. Karla zögert, schluckt, nimmt schliesslich den Hörer ab. Am anderen Ende die Stimme ihrer Mutter. Noch immer sorgt sie sich um ihre Kinder, das hört wohl nie auf, und natürlich auch um die Enkelinnen. Es wird eines der Gespräche, die die innere Beherrschung durchbrechen. Karla weint am Telefon. Gibt zu. Vielleicht das erste Mal richtig. All die Sorgen und die ständig wachsende, drohende, unbestimmte Angst. Augenblicke des Wohlbefindens in der Geborgenheit von Erinnerungen und Glauben und Zuversicht werden immer seltener. Und überall jetzt auch, an jedem Ort und zu jeder Zeit, diese Tränen in ihr, das Weiche, Verletzte, immerzu könnte sie weinen, nicht jedesmal gelingt es ihr noch, sich zusammenzunehmen. Bei der Arbeit, unter Menschen, auf der Strasse, im Auto müssen Traueranfälle hinter Sonnenbrillengläsern oder einer Art chronischem Schnupfen versteckt werden, dabei ist Zeit vergangen, viel Zeit vielleicht. Fast fünf Monate vorbei. Garten

und Landschaft ringsum total verändert, alles neu im saftigen Grün, friedlich und unverletzt.
Jetzt, nachdem für den Augenblick alles raus ist, ausgeweint, ausgeschluchzt, zugegeben, auf dem weichen Stuhl, in dem vertrauten Zimmer, unter dem warmen Licht der Tischlampe, scheint plötzlich alles doch nicht mehr so schlimm. Aber Karlas Mutter glaubt dieser schnellen Verharmlosung nicht. Sie weiss: Karla ist übermüdet, überarbeitet, traurig, zermürbt, trägt viel Verantwortung. Sie warnt: Pass auf. Zerstöre dich nicht selbst. Trauernde neigen dazu.

JA.
Es geht mir wirklich schlecht.

Karla spürt immer mehr, wie die Kräfte nachlassen. Auch als Claudia wieder gesund ist, Natalies Gesichtswunden verschorft sind. Karla ist erkältet und befürchtet irgendeinen Zusammenbruch. Der Alltag wird ihr plötzlich zur Bedrohung. Alle zu erledigenden Arbeiten wachsen über ihrem Kopf zusammen. Sie fühlt sich wie früher einmal nach einer leichten Gehirnerschütterung. Nichts gelingt mehr richtig. Die kleinste Anhäufung von Arbeitsdruck bringt sie in Panik. Nimmt sie eine Sache in Angriff, wachsen bereits zwanzig andere in den Himmel.
Da stehen ihre Eltern eines Tages vor der Tür; völlig unangemeldet und unerwartet sind sie angereist, von einer plötzlich inneren Unruhe gerade noch zur richtigen Zeit zum Aufbruch getrieben.
Denn zwei Tage später bereits:

Karla kommt müde und traurig von der Arbeit.
Am Morgen hatte die Ambulanz einen Verkehrsunfall eingeliefert. Ein älterer Mann war mit seinem Auto aus noch unbekannten Gründen von der Strasse abgekommen und links eine Böschung hinuntergefahren, wobei sich der Wagen

mehrmals überschlagen haben musste, bis er an einem Baum auf dem Dach zum Stillstand gekommen war. Wieviel Zeit zwischen dem Unfallhergang und dem Auffinden des Verletzten durch zwei Feldarbeiter vergangen war, stand noch nicht fest. Als Karla vom Oberarzt zur Aufnahme des Krankenbefundes gerufen wurde, lag der Mann bereits im fensterlosen Zimmer, das am Ende eines Ganges in die engen Baulichkeiten gequetscht war für jene, die vor dem Ableben nicht mehr zum Bewusstsein kommen würden.
Laut Papieren war der Mann 64 Jahre alt, verheiratet und aus einer anderen Gegend. Der Befund betraf die äusserlich sichtbaren und ertastbaren Verletzungen: Quetschungen, Deformierungen, Ödeme mit vermutbaren inneren Verletzungen. Gesicht und Haut der bei der Untersuchung unbedeckten Körperteile waren grauweiss. Die geschlossenen Augen lagen in grossen, schwarzen Blutergüssen. Durch Schädelbruch verursachtes Brillenhämatom.
Als Karla aus dem engen, luftknappen Raum auf den Flur trat, wartete dort ein erschrockenes junges Paar mit einem etwa vierjährigen Jungen zwischen sich. Der Verletzte war der Vater der jungen Frau. Er hatte ein paar Tage zur Mithilfe am Hausbau bei ihnen verbracht und war am Morgen nach dem Frühstück gesund, ausgeruht und fröhlich zur Heimreise gestartet.

Karla hatte keinen Appetit. Verzog sich ins Wohnzimmer. Aber der Anblick ihres ungenutzt bleibenden Gedecks auf dem Tisch bedrückte sie wie ein stiller Vorwurf der kochenden und sich sorgenden Mutter. Dann mussten die Kinder aus dem Garten zurückgerufen werden, weil sie nach dem Essen einfach vom Tisch gelaufen waren, ohne geringste Mithilfe beim Abräumen. Zur Strafe dieser immer wiederkehrenden Faulheit befahl Karla ihnen, das Geschirr zu waschen, Küchentisch, Herd und Spüle zu putzen. Eines der Kinder antwortete etwas, maulte vielleicht auch nur ein bisschen

rum, vielleicht lachte auch eines, um sich zu wehren – was auch immer geschah: auf einmal plötzlich diese Enge. Totale Überforderung. Angst. Wut. Unbeschreibliche Wut. Blindheit. Bis der Schmerz endlich explodiert. Filmriss. Dann Gewalt. Mit den Händen boxend. Den Füssen tretend. Sich überschlagender Stimme. Und Natalie am Küchentisch, über dem schmutzigen Geschirr, jammernd und schluckend, nein, nein, und Claudia, wimmernd auf dem Hocker, die Arme nur notdürftig schützend über dem Kopf verschränkt, mit wiegendem Oberkörper.
Und Karla dazwischen. Schreiend. Ihre Hände an den Schultern der Mädchen. Ihre Finger in ihren Haaren.
Welches Elend ist über alle gekommen!
Karla begreift plötzlich. Sieht wieder. Sieht sich, die Kinder, sich selbst dazwischen, eine Furie zwischen den vor Schmerz und Schreck fassungslosen Mädchen. Was war da noch zu retten? Sie nimmt die zwei in die Arme, was sie ganz willig geschehen lassen, und hält sie ganz fest, und sie wiegen sich zu dritt und weinen und streicheln den Schmerz. Zurück in ihren Körper?
Wenn sie sich zu dritt umbringen würden, wäre das eine Lösung?
Wie sollten sie je wieder gesund werden?
Wenn ein Schmerz so zum Überbrodeln kam in einem seelisch starken und gereiften Menschen, wo war dann noch Sicherheit, Geborgenheit, Vertrauen?

Ich habe Angst vor der Zukunft. Jetzt sage ich es. Ja. Angst vor Schwächeanfällen. Angst vor Krankheit. Angst vor neuem Verlust. Angst vor neuem Ausbruch. Vielleicht habe ich das bis jetzt gar nicht richtig gewusst. Vielleicht alles verdrängt. Vielleicht war ich zu beschäftigt. Vielleicht hatte ich zu viele gute Erinnerungen. Hatte ich mehr Kraft. Aber jetzt? Noch nichts ist überstanden, und ich weiss auch nichts. Gar nichts. Habe nur Angst. Angst für uns alle. Nie wieder

wird jemals etwas sein, wie es gewesen ist. Wie formt sich Zukunft, wenn ich mich an der Vergangenheit nicht mehr orientieren kann?
Ich bin so allein und niemand ringsum mit ähnlichen Problemen, mit ähnlichem Schmerz, mit meinen Aufgaben, Verantwortungen, niemand im Bekannten- und Freundeskreis, der Ähnliches schon durchgestanden hat und mit seinem Schicksalsvorsprung mir raten könnte. Alles muss neu erfahren, neu erprobt, neu riskiert, neu gefordert werden. Wo hole ich die Kraft bloss her, immer wieder wenigstens ein bisschen ans Gelingen zu glauben, und jetzt erst, nach diesem entsetzlichen Augenblick?

«Die Kinder sind stark», sagt die Mutter und stellt sich hinter den Hocker, auf dem Karla sitzt, und beginnt ihr die Schultern zu massieren. Früher, wenn Karla verkrampft aus der Schule nach Hause gekommen war, hatte sie das öfter getan. Jetzt spürt Karla die Härte ihrer Muskeln, und weil sie sich nicht entspannen will, nicht weich werden will, tut es weh, und sie muss sich überwinden, die Berührung überhaupt zuzulassen. Ihr ist zum Heulen und Kotzen und Schreien vor Ekel und Angst davor, nicht durchzustehen, erneut zu versagen und das Leid der Kinder nur noch grösser zu machen.
Überhaupt nichts mehr ist in Ordnung.
«Du bist auch stark», sagt ihre Mutter, «mach dir darüber keine Sorgen. Du hast so viel geschafft, zu viel. Du bist überfordert, hast dich zusammengenommen, weit über deine Kräfte hinaus. Jetzt wollen Geist und Körper nicht mehr. Und wenn man nicht darauf hört, erzwingen sie halt Ruhe. Du solltest dieses Signal beachten.»
Karla hält den Kopf gesenkt. Die gezielten, geschulten Griffe der Mutter schmerzen, zwirbeln, Karla glaubt, zerspringen zu müssen, den Nacken hinauf, ins Haar. Sogar die Kopfhaut schmerzt. «Um die Kinder mach dir keine Sorgen», sagt ihre

Mutter in diesem beruhigenden, monotonen Singsang, mit dem man Kleinkinder einschläfert, «die kennen dich ja. Die verstehen. Nun warst du mal schwach und sie die Starken. Sie verkraften das. Die wissen mehr, als man glaubt. Erinnere dich nur an deine eigene Kindheit.»
Die bearbeiteten Muskeln schmerzen noch immer. Aber die Berührung tut nicht mehr so weh. Unter leichtem Klopfen ist nun die Wirbelsäule dran, und Karla hält weiterhin still.
»Wir sind doch jetzt hier», sagt ihre Mutter, «Vati und ich, wir können zwei, drei Wochen bleiben. Bei den Kindern. Aber du solltest Ferien machen, wenigstens ein paar Tage ausspannen, irgendwo ganz für dich allein.»
Oben, in Claudias Zimmer, auf der Schlafmatratze. Die warmen, weichen Körper. Die blassen Gesichtchen. Die feuchten Wimpern. «Was wäre, wenn ich drei, vier Tage verreisen würde, abschalten, ausruhen, damit sich das von vorhin nie, nie mehr wiederholt?»
Sie sitzen zu dritt, Karla in der Mitte. Die Kinder reden ihr zu. Ernst und verständig. Karla fühlt sich geborgen. «Ja, grosse, liebe Muttis, ich werde ganz gehorsam sein und alles machen, was ihr sagt.»
Lachen.
Und wo erholen sich die beiden?
Welche Möglichkeiten bleiben ihnen, ihre Seele zu heilen, ihren Körper zu entspannen, den Schmerz zu lindern?
Wo lassen sie Angst und Verzweiflung?
Weinen Trauer ab?
Schöpfen neue Kraft?

Vier Ferientage.
Diese hübsche Gartenanlage, der grosszügige Bau und Karlas schmales Schattenzimmer. Auf ihrem Nachttisch Jacques' Bild und die Geschenke der Kinder. Eine Kerze im selbstgebastelten Ständer mit Silberbronze übersprüht von Claudia.

Ein selbstgemaltes Bild von Natalie und ein Brief von beiden. Auf dem anderen Nachttisch die Bücher. Simone de Beauvoir und Rose Ausländer.
Wird Karla hier zum Lesen kommen? Sich auf ein Buch zu konzentrieren in den wenigen Tagen wieder lernen können?

Auf jedem Nachtschränkchen eine Lampe, zwischen den Nachtschränkchen zwei Betten, im Bad zwei Handtücher, zwei Badetücher, zweimal Seife, zwei Zahngläser, der geräumige Schrank im Eingang für zwei Garderoben, neben dem Schreibtisch zwei kleine Sessel unter einer Stehlampe, auf dem Bett zwei aufgeplusterte Duvets, zwei Kopfkissen. Vielleicht gibt es in diesem Hotel gar keine Einbettzimmer. Einzelpersonen werden, wenn sie sich nicht auskennen und genaue Forderungen stellen, in die grauen Nordzimmer abgeschoben. Karla wirft sich quer über beide Betten.
Jetzt gar nichts fühlen, nichts denken, nur gleich einschlafen und morgen früh kräftig ausgeruht sein und lange Spaziergänge machen, nachmittags schwimmen und nachdenken. Sich den Stimmungen hingeben und dabei Launen und Aggressionen abbauen.
Aber in ihrem Kopf ist es wirr.
Halbträume lassen sie, nach einer plötzlichen Körperzukkung oder dem Gefühl zu fallen, auffahren, sind beim Erwachen nur verschwommene, bei Erinnerungsversuchen immer weiter zurückweichende Bilder.

Überall vertraute Geräusche.
Warme Nacht im grauweissen Kreuzlicht der Flutlampen. Ballaufschläge und Rufe vom Tennisplatz brechen sich an der hohen Hotelwand, fallen mit der Frühlingsluft durchs geöffnete Fenster.
Draussen auf dem Flur, verschiedene Stimmen. Lachen, das Klappern von Schlüsseln, nach dem Auf- und Zuschliessen

einer Tür nur noch die sehr hohen und sehr tiefen Töne hinter dem schalldämpfenden Paneel.
Erinnerungen. Erinnerungen. Erinnerungen.
In der Bauchlage, in der Rückenlage, mit dem Kopf am Fussende, im Bett hockend, mit angezogenen Knien, auf der Bettkante sitzend, über den bedruckten Buchseiten, am Fenster. Erinnerungen in den Tennisplatzgeräuschen, in den hellen und dunklen Tönen hinter der Wand, im Sternenhimmel, im Lampenlicht, im Seifengeruch, im Zahnglaswasser, im Nachthemd, im Hotelkopfkissen.
Unter dem Schreibtisch ist ein kleiner Kühlschrank eingebaut. Der weisse Wein wird Karla zu munter machen, der rote ist ihr zu kalt, die Champagnerflasche zu gross. Eisgekühlter Cognac scheint ihr barbarisch. Nach jedem kleinen Schluck muss sie sich schütteln. Die Härchen auf ihren Armen stehen widerspenstig ab. Aber das ist ihr egal. Es soll brennen. Auf der Zunge. Im Hals. Im Bauch drinnen soll es das Feuer aus ihren Adern zusammenziehen zu einem einzigen, grossen Schmerz, der alles andere auslöscht, Gefühle und Gedanken mächtig betäubt.
Irgendwann muss sie dann doch eingeschlafen sein.

Der Himmel ist bedeckt.
An einem solchen Tag sind sie von einem ähnlichen Hotel auf Mallorca mit dem Tandem ins nächste Dorf gefahren. Karla hinter Jacques' Rücken auf dem steifen Gestell mit dem unlenkbaren Handgriff, Jaques' Geschwindigkeitsrausch auf der leicht abschüssigen Strasse halb lachend, halb ängstlich ausgeliefert. Das Dorf war klein, aber von Touristen bereits entdeckt. In Läden und auf Strassenständen – überall die gleiche Ware. Gummi- und Ledersandaletten, Segeltuchschuhe, Schnorchel, Flossen, billige Sommerkleider, Strohhüte, Ledergürtel, Plastikspielzeug für den Strand. Sie kauften zwei Muschelketten und Umhängeportemonnaies aus gestanztem Leder für Claudia und Natalie. Dann begann es

zu regnen, und vorne, auf der Molenspitze, waren sie beide ganz allein. Der Wind zerwühlte die Haare, durchnässte die Kleider mit Sprühwasser, lagerte Salz auf Gesicht, Lippen und Zunge ab. An den Restaurants mehrsprachige Aufschriften und Aushängeschilder. ‹Gut futtern wie bei Muttern.› Sie fanden noch zwei leere Plätze, Paella und kräftigen Wein, der lange auf der Zunge nachschmeckte. Regen beperlte die Fenster von aussen, und innen beschlugen sich die Scheiben.
Es roch nach nassen Kleidern und nasser Haut und Braten und Kräutern, und es war eng und laut, angefüllt mit fremden Sprachen, Rufen, Lachen, Besteck- und Tellergeklirr. Da waren Arme und Beine und warme Haut und da warst du!

Dieses Tal ist sehr hübsch – zum Ansehen. Der Weg neben dem kleinen Bach aber scheint kein Ende zu nehmen. Kein Stein zum Sitzen, keine Bank zum Ausruhen. Ein Arbeitsweg aus festgefahrenem Schotter für Feldarbeiter und Landmaschinen. Der kleine Bach verschmälert sich zusehends, ist teilweise ganz mit Grasbüscheln und Wasserpflanzen durchzogen, nur wenige Zentimeter tief. Karla kann dem Strömen zuschauen, ohne in Versuchung zu geraten. Dieser Bach ist viel zu harmlos für gefährliche Gedanken.
Ihre rechte Armkugel schmerzt. Vom forschen Schlenkern beim Gehen, dem Schulternstraffen. Vorsorgliche Abwehr. Unnahbarkeit demonstrieren. Denn überall auf den Wiesen nackte Männeroberkörper, die sich von Heurechen und Sensen aufrichten.

Wieder ich selbst werden. Meine ganze Selbstverständlichkeit, meine Sicherheit aus mir selbst holen. Meine Ruhe. Mir selbst genug sein. Dahin jetzt nach so vielen Jahren der Zweisamkeit. Die Sehnsucht loswerden.
Der Frühstückssaal am Morgen war fast ausschliesslich von Männern besetzt. Alle in Anzügen und mit Krawatte, gedie-

gen, seriös, was in der Sonne, neben den leichten orangen Vorhängen, ein bisschen lächerlich wirkte. Den Gesprächen von gegenüber und links und rechts und hinter ihr zu entnehmen, handelte es sich um ein Managersymposium für Kaufhaus-Kaderpersonal. Das hatte Karla nicht berühren können. Aber hier draussen auf den Wiesen die kräftigen Körper, die muskulösen Arme, die braune, glänzende Haut, die aufmerksamen dunklen Augen.
Wie schaffe ich es, nicht einsam auszusehen, verletzbar und hungrig vielleicht?

Immer noch die alte Gewohnheit, die Hände forschen zu lassen. Zäune zu raffeln, Blüten und Blätter zu streicheln, über Hecken und Mauern zu schürfen, Grasrispen und Kornähren durch die Finger zu ziehen. Dieses Rosa und Karmesin und Orange und Weiss und Lila von Oleander und Azaleen und Rhododendron in den Gärten. Zwischen dunklen Zypressensäulen. Vor grobschrundigen Mauern. In Torbögen. Hinter schmiedeeisernen Gittern. Und schwere Glyzinientrauben auf verwitterten Pergolen. Nischen, Terrassen, Steinmäuerchen und weit überstehende Dächer für gesellige Feste, fröhliches und besinnliches Beieinander vor sonnenwarmen Hausmauern. Nächte voll schwerer Blumendüfte. Grillengezirp. Kerzenlicht. Freunde und Wein.
Was ich mir immer ausdenke. Dabei weiss ich doch, wie trügerisch äusserer Schein sein kann.

Mittag auf der mit Sonnenstores überdeckten Terrasse. Vor der Rosenrabatte, auf dem Zierrasen, Lockerungsübungen auf dem Manager-Schulprogramm. Ohne ihre Jacken, weissgrau und hellblau-dunkelblau halbiert, turnen sie ihrem Vordermann hinterher, halten mit den Fingern ihre Hosenbunde über dem Bauch, schwitzen dunkle Flecken in die Armhöhlen, nehmen ein bisschen verlegen vor dem interessierten Publikum auf der Terrasse im Halbkreis Aufstellung, grätschen die Beine und lassen die Taille kreisen. Mit roten Köpfen, Schweissperlen an den Schläfen und beschlagenen Brillengläsern.

Die Kellner kümmern sich um Karla. Aber es ist viel schwieriger, als sie es sich gedacht hatte. Anders als früher, wenn sie allein in ein Restaurant ging. Zuerst fühlt sie sich noch in Erinnerung an die Zweisamkeit geborgen, aber beim längeren Betrachten der anderen Gäste wird ihr das Alleinsein immer bewusster. Die Welt scheint überhaupt nur aus Paaren zu bestehen, sieht man von der Gymnastikgruppe auf dem Rasen mal ab.

Karla hat kein Buch mitgenommen an den Tisch, weil sie glaubte, dieses Hilfsmittel nicht nötig zu haben. Wollte einfach ruhig dasitzen und auf das Essen warten. Aber nun, unbeschäftigt, fühlt sie sich ausgesetzt, den Blicken, der geschäftigen Aufmerksamkeit der Bedienung.

Gesprächsfetzen über die Schwierigkeiten von neuen Schwimmbad- und Marmortreppeneinbauten in alte Häuser. An einem Tisch an der Fensterwand scheint eine ältere Dame bei einem bekannten Politiker ein- und auszugehen, jedenfalls was ihre Kenntnisse der dortigen Tischmanieren betrifft. Hinter Karla schwelgt eine Stimme vom Geschäftserfolg der diesjährigen Frühjahrs-Schuhsaison, was ihr von einer anderen Stimme die Einladung auf eine Motoryacht am Mittelmeer einbringt.

Mit Jacques vis-à-vis wäre das alles leichter zu ertragen, könnte sie darüber lachen. Jetzt kommen ihr Karrieresucht und Geltungsdrang noch unsinniger und lächerlicher vor als bisher, und das ergebene Dienern der Kellner kann auch nicht echt sein und geht ihr auf die Nerven. Sie weiss nicht, was das soll, dass die drei Männer immer um ihren Tisch herum sind, das Körbchen mit dem Brot näher schieben, das Weinglas sofort auffüllen, das Beistelltischchen heran- und immer wieder neu zurechtrücken. Zu Anfang war das angenehm. Ein

Gefühl von Geborgenheit, diese bezahlte Höflichkeit. Doch plötzlich wieder Unsicherheit. Bin ich, eine alleinstehende Frau mittleren Alters, ihren Launen nicht ausgeliefert? Wie oft könnten sie, wenn sie wollten, mein Winken übersehen, mein leises Rufen überhören? Mein schliesslich stärkeres Reklamieren als hysterischen Anfall einer vereinsamten Frau geringschätzig belächeln?
Wut und Hilflosigkeit sind in ihr, und sie setzt ein desinteressiertes Gesicht auf, ruhig und gelassen, als verbrächte sie die Zeit in Gedanken und nicht mit Warten.

Oberwind ist aufgekommen. Hat die Wolkendecke zerfetzt und gebleicht. Blaue Himmelstücke schwimmen dazwischen wie grosse Wasserlachen. Die Wärme ist nicht mehr feucht und schwer.
Beim Tennisunterricht am Nachmittag plötzlich Kniezittern, Schweissausbruch, Schwindelgefühl und Tränen.
Später am Schwimmbecken, zwischen den Paaren und den Managerfrauen mit ihren noch nicht schulpflichtigen Kleinkindern. Unangenehm oft und nah das Klappern der Holzschuhe des Bademeisters auf den Betonplatten. Dass Karla geschwommen ist, in dem kalten Wasser, allein, die ganze Länge und zurück und alles noch einmal, scheint ihn beeindruckt zu haben. Vielleicht glaubt er, sie hätte eine Show abziehen wollen. Vielleicht hat sie es getan. Mit Jacques wäre sie auch geschwommen. Zusammen hätten sie das Becken prustend und spritzend durchpflügt, bis die Bewegung in der Kälte ihre Körper von innen erwärmt hätte.
Danach Stunden in der Sonne. Ohne Lesen. Ohne Nachdenken. Wie noch nie oder schon lange nicht mehr, vielleicht als Kind, als junger Mensch, Sonne auf der nassen Haut und im Haar. Feurige Sonnenkreise und Punkte vor den geschlossenen Augen.

Abends bestellt sich Karla ein Käsebrot aufs Zimmer und geht danach, um nicht allein zu sein, mit dem Tennisschläger auf den Platz und übt an der Wand und trinkt später auf der Terrasse einen Kaffee. Spielt Zugehörigkeit, und weil sie weiss, dass es arrangiertes Theater ist, spürt sie sogar etwas wie Zufriedenheit über diese Aktivität.
Ausser den Gesprächen mit Hotelangestellten aber mit keinem Menschen ein Wort gewechselt.
Wozu bin ich eigentlich hier?
Was soll das? Was kann mir das bringen?
Einsames Wandern. Einsames Liegen. Neugierige Blicke verunsichern erneut und machen mir meine Situation, meinen neuen Zivilstand immer unerträglicher bewusst.
Im kühlen Bett, mit dem geräuschvollen Nachtleben vor dem Fenster, spürt Karla die Wärme des Tages, die Sonne auf ihrer Haut, unter ihrer Haut. Ihre Handflächen fahren streichelnd, eigenwillig über die verschränkten Arme, die Brüste, die Buchtung der Taille, die Rundung der Hüften, hinunter zu den Knien, dass sich die Haut spannt und sehnt und kribbelt, und zwischen den Schenkeln langsam zurück, hinauf, zart und leicht. Wie vertraut und doch fremd das ist. Sehnsucht und Abwehr zugleich.
Neugier und Unbehagen. Ob ich weiss, was meine Hände tun wollen? Ob meine Hände wollen, was sie tun?
Karla will sich die bisher unbekannte Freude gönnen. Schliesslich ist sie hierher gekommen, sich zu entspannen, neue Kräfte zu speichern, fröhlicher zu werden, Lebensfreude zurückzuholen. Was bisher geschah, hat ihr dabei nicht helfen können.
Sie lässt ihren Händen den Weg. Liegt angespannt da, achtet auf die Regungen, horcht in sich hinein, wartet auf bekannte oder neue Körperreaktionen, betrachtet die Sache wissenschaftlich, beginnt sich zu langweilen. Nichts also, aber die Überwindung hat sich gelohnt, denn da ist Zufriedenheit über das ausgebliebene Erfolgserleben. Also geht es ihr nicht

um die Berührung, den Beischlaf, auch jetzt nicht, sondern nur um Jacques. Um seine Nähe.
Karla steht auf. Geht ins Badezimmer. Wäscht sich. Putzt die Zähne. Schreibt die Erfahrung in das kleine Notizheft. Fühlt sich müde, schwer, wird gleich nach dem Hinlegen fest eingeschlafen sein.

Ich weiss nicht, wovon ich erwacht bin, jetzt, mitten in der Nacht. Auch nicht, wie spät es ist. Aber draussen, vor dem Fenster, ist es dunkel. Flutlicht und Clubhausbeleuchtung sind gelöscht. Im ganzen Hotel, wie es scheint, Stille. In meinem Blickfeld draussen schwarzer Himmel. Viele Sterne. Aber kein Mond.
Mein ganzer Körper sehnt sich nach dir. Körper und Geist können nichts anderes im Augenblick als nur an unser Zusammensein denken. Die Brüste spannen. Stechendes Ziehen im Unterleib. Ganz sicher liegt es an der Umgebung. Der Luft. Der Entspannung. Sich Fallenlassen. Sich Gehenlassen. In Gefühle und Triebe.
Aber mein Körper soll nicht krank werden vor Sehnsucht. In meiner Nähe zu mir selbst wird deine Nähe liegen. Deine Wärme, Jacques. Deine Zärtlichkeit ist aufgesogen in den vielen Tagen und Nächten unserer Liebe. Glüht unter meiner Haut für immer. Ist ein Teil von mir. Unverlierbar. Wer daran wollte, müsste mir die Haut vom Körper ziehen. Darum vergebe ich mir nichts, wenn ich mir selber Freude mache. Männer zögern wahrscheinlich nicht so lange. Auch manche Frauen nicht. Unverbildete Kinder schon gar nicht.
Löse dich von deiner Hemmung. Entdecke. Die fremde Weichheit unter deinen Fingern, die fremde Feuchte, die fremde Glätte. Die neue Wärme. Wage dich in diese Tiefe. Erlebe die fremde Bewegung. Die unbekannte Härte. Die erstaunliche Gespanntheit.
Und all das viele, viele Unbekannte, Karla, ist dein Körper.

Das, was viele Jahre dir und Jacques Freude und Lust geschenkt hat, das ist das Innere, Tastbare deiner Gefühlsreaktionen. Und du weinst und fühlst dich unsicher und fremd mit dir selbst in deinem eigenen Körper. Der anderen Geborgenheit vermitteln konnte. Jacques. Den Kindern vom ersten Tag der Zeugung an. Nur du selber, ängstlicher, dummer Frauenmensch, bist vorher noch nie diesen Weg gegangen, hast nie die Möglichkeit des Erforschens genutzt, hast dich all die kostbaren Jahre nur mit deinem fassbaren Äusseren und dem nicht anfassbaren Innern begnügt und dich vor dem Finden und Kennenlernen des greifbaren Innern gescheut. Oder hast du immer alles richtig und unkompliziert und genügend gefunden, dass dieser Weg, diese Erfahrung gar nicht notwendig und wichtig waren?
Freu dich jetzt trotzdem.
Und welche Traurigkeit in mir.
Nicht, weil etwas funktioniert, ohne dass es wirklich, wie ersehnt, für unsere Zweisamkeit gebraucht worden ist. Auch kein verzweifeltes Weinen. Kein Hass. Nur schwere, zum Körper gehörende Traurigkeit. Unabänderlich also das erste Mal danach.
Aber jetzt eben, in diesem Augenblick des Bewusstwerdens, auch Erleichterung, diese Lösung gefunden zu haben. Für dieses erste Mal kein fremder Körper. Keine fremde Haut. Keine fremden Hände. Kein fremdes Glied. Keine fremde Samenflüssigkeit in mir.

Solche Nacht und welches Erwachen.
Nur wenige Stunden geschlafen und doch so munter jetzt wie schon lange nicht mehr. Körper und Geist hellwach. Und Jacques auf dem Nachttischchen, zwischen den Geschenken der Kinder, lächelt Karla aufmunternd zu. Nicht, dass sie in der Nacht das frühere, wohlig andauernde Nachklingen in sich gespürt hätte, diesen Gezeitenstrom, aber irgendwie fühlt sie sich dankbar und leicht.

Ein grosses Stück vorwärts gekommen.
Unter der Dusche weiss Karla, was es ist. Liegt der richtige Weg plötzlich ganz klar und einfach vor ihr. Freude. Freude und Dankbarkeit für die gemeinsame Zeit mit Jacques. Dafür, dass sie ein Gefühl füreinander gefunden und weiterentwickelt und bis zum Schluss bei sich behalten haben, für das es das Wort Liebe gibt. Sie zwei hatten es für sich vielleicht wieder dem wahren Sinn zugeführt. Dass das hatte geschehen dürfen, dir, Jacques, und mir, dem kleinen Mädchen die grossen Träume erfüllt wurden – Liebe, Glück, Kinder, Geborgenheit, Gemeinschaft –, ist so wunderbar, dass ich vor Freude weinen und vor Freude explodieren könnte.
Diese Hitze will ich in mir tragen und das Feuer in Gesicht, Haut und Augen glühen lassen. Alle Leute sollen es wissen, das ist ein glücklicher Mensch. Weil ich etwas erleben durfte, viele Jahre lang, wonach sich alle sehnen.
Karla trocknet sich ab. Fühlt sich stark durchblutet und hat neue Lebenslust. Ihr Haar glänzt, und ihre Augen strahlen. Die Haut ist straff und samten. Sie nimmt Jacques' Bild und küsst es immer wieder und kann fast nicht aufhören damit. Und schickt die Traurigkeit weg, die doch wieder aus irgendeiner Tiefe heraufklettern will. Schluss jetzt mit dem Selbstmitleid. Dem Trübsinn. Dem ganzen traditionellen Trauerkram. Ich werde mich darüber hinwegsetzen. Du bist mir ganz nahe, Jacques, und ich bin gesund. Ich habe zwei gesunde, wunderbare Kinder. Unsere Kinder. Ein Haus voller Erinnerungen. Unser Haus. Liebe Verwandte und gute Freunde. Ein stark gelebtes Leben und dich in mir. Nie mehr verlierbar.
Nie mehr allein. Mit dir immer zu zweien. Wenn da Trauer nicht Torheit ist. Vorbestimmung und Schicksalhaftigkeit schieben sich in den Augenblick. Alles, auch die schwersten Belastungen und alltäglichen Banalitäten, ist ein Weg, und Karla weiss jetzt, dass etwas mit ihr geschieht. Sie ist dabei,

ihrem ganz eigenen Lebenssinn auf die Spur zu kommen. Einige Wesenszüge und Eigenarten setzen sich immer wieder durch, lenken ihr Denken und Handeln und steuern so ihre Entscheide in all den verschiedenen Lebenssituationen. Schon allein, dass ihr das hier hat bewusst werden dürfen. Dass sie nie wirklich ganz aufzugeben braucht. Immer irgendeine Hoffnung auch Kraft geben wird. Dass sie sich doch wieder freuen kann. Merkt, wenn sie glücklich ist.

Jacques ist ihr so nah. Sie spürt so viel Kraft in sich. Fühlt sich vor lauter Erkenntnis ganz leicht und frei. Fast unmenschlich.

Eigentlich könnte sie jetzt gleich nach Hause fahren. Tennispartnerinnen in ihrer Spielstärke gibt es hier keine. Und so weit ist sie noch nicht, den fremden Mann von gestern, mit der jungen Frau und dem kleinen Kind, anzusprechen. Früher, mit Jacques an ihrer Seite, wäre das kein Problem gewesen. Heute, mit seiner körperlosen Nähe, muss sie vieles erst neu lernen. Aber sie wird es schaffen. Da besteht kein Zweifel.

Auf dem Flur trifft sie die Zimmerbedienung und zählt auf, was in ihrem Kühlschrank nachgefüllt werden muss. Das Mädchen schreibt, hält inne und blickt dann irritiert auf. «Zwei Cognacs? Aber Sie hatten doch gestern schon einen.»

«Vorgestern», berichtigt Karla bestimmt, aber es kommt noch nicht so raus, wie sie es gerne möchte, sondern eine Spur zu angespannt, zu scharf. Hätten wir zwei, Jacques, jeden Tag alles weggetrunken, wäre das vermutlich gar nicht aufgefallen. Macht ein abendlicher Schlummertrunk eine alleinstehende Frau für die anderen schon zur Alkoholikerin? Karla muss aufpassen.

Eben im Zimmer diese Hochform, und nun schon wieder so reizbar.

Wissen und Handeln sind zweierlei. Immer noch.

Bis sie beides in ihrem jetzigen Leben wieder wie früher in

Einklang bringen kann, ist wohl noch viel, sehr viel zu lernen.

Karlas zweiter Spaziergang.
Am Hang, dem Hotel gegenüber, klebt ein altes Bilderbuchdorf. Eng. Verwinkelt. Von Wind und Sonne gebleicht und verwittert. Hinter schmalen Durchgängen lagern kleine Höfe, und überall auf den zerplatzten Steinböden und vor den schorfigen Mauern, auf den Stufen der Aussentreppen und den Fensterbrettern und hölzernen Galerien wuchern Geranien, Begonien und Petunien und Männertreu aus Schalen, Kannen und Töpfen. Jetzt, am Vormittag, trifft Karla nur alte Leute und kleine Kinder.

Zurück will sie durch die Wiese, auf der Sonnenhangseite zum See hinunter. Dann, auf dem schmalen, überwachsenen Fusspfad zwischen dem hohen Gras, fällt ihr plötzlich ein, dass es hier Schlangen geben könnte, und sie wählt den längeren Weg, der erst gewunden durch eine baumbestandene, daher sehr düstere, schluchtähnliche Mulde führt.
Einen Moment lang ist ihr dort unten in der lichtlosen, dunkelgrünen Einsamkeit unheimlich. Wenn mich jemand beobachtet und mir nun folgt? Natürlich, Karla ist sportlich und kräftig und couragiert. Aber wie viele Frauen vor ihr waren das ebenfalls, und es hatte nichts genutzt. Würde ihr, angenommen es käme zu einem Delikt und nachfolgender Gerichtsverhandlung, schon das blosse Hier-Herumspazieren nicht als Fehlverhalten ausgelegt? Möglicherweise würde ihr im erst so kurzen Witwenstand ein milderndes Sonderrecht zugestanden. Einer geschiedenen Frau war diesbezüglich wohl schon weniger zu trauen. Bei ganz ledigen kam es wahrscheinlich auf das äussere Erscheinungsbild an. Und bei einem älteren Opfer würden sich manche Beamte wohl ein unverhohlenes Grinsen erlauben.

Neuer Zivilstand. Neue Lebensumstände.
Neue Gedanken und neue Ängste.

Wieder im Hotel, telefoniert Karla mit ihrer Mutter. Es geht alles gut. Kinder, Karlas Eltern und die Tiere sind wohlauf. Die Stimme ihrer Mutter, die vertrauten Alltagsgeräusche des Hauses im Hintergrund lösen Heimweh aus. Jetzt bereits nach drei Tagen. Wo ist die frühere Reiselust?
Merkwürdig, immer noch dieses vielleicht angeborene Fernweh in ihr, dieser süsse Schmerz beim Lesen von Reiseberichten, beim Motorengeräusch von Flugzeugen, hinter dem eigenen Autosteuer, im warmen Wind, am Fenster der Krankenhausambulanz mit Blick in die Weite, dieses Kribbeln und Ziehen im ganzen Körper – und jetzt diese Sehnsucht nach zuhaus. Rückkehr ins vertraute Nest, in die Nähe ihrer Kinder und Verwandten, zurück auch zu den verstehenden Freunden, in die mit ihrem Schicksal verwachsene Landschaft. Aber sie wird trotzdem hierbleiben. Die Zeit nutzen. Sich weiter entspannen. Diesen einen Tag noch und die kommende Nacht, wie vorgesehen. Mittag wird sie wieder auf der Terrasse essen, alles mit Gleichmut hinnehmen oder wenigstens daran arbeiten, vielleicht doch ein Buch am Tisch lesen, falls die Kräfte und guten Vorsätze nachlassen, im kalten Wasser schwimmen und sich auf die warmen Steinplatten der Schwimmbeckenumrandung legen. Sich von der Sonne durchglühen lassen – soll der Bademeister um sie herumklappern, so viel er will. Und dann wird sie noch einmal ganz fest und tief schlafen, jetzt, nach den Besonderheiten der beiden vorangegangenen Nächte, und ausgeruht und frisch morgen früh nachhause zurückreisen.

SOMMER

Fast ein halbes Jahr ist vergangen.
Karla sitzt in der Liege auf dem Balkon unter dem schützend vorstehenden Dach. Gewitterregen fällt so kräftig und dicht, dass der Garten grauweiss gestrichelt wie hinter dem Gitter einer Tüllgardine im Wind schaukelt. An den Birken in nächster Nähe und weiter hinten, dem Zierapfelbaum des Nachbarn, schlagen die Äste und Blätter wild auf und ab. Die weissen Rispen des Knöterichs schäumen wie Meeresbrandung über das Geländer. Alle Geräusche sind vom eintönigen Pladdern aufgesogen. Tropfen, die auf der Armlehne zerplatzen, sprühen feuchtkühl gegen ihre Haut. Es riecht nach nassen Pflanzen, Erde und Zement.
Die Kinder spielen Reitlager.
Sie haben ihre Zimmer umgeräumt und in der Veranda einen grossen Aktionsplan aufgestellt, weil morgen anscheinend die neue Kindergruppe für die nächste Woche anreist. Den Keller haben sie für das Abschiedsfest der alten Gruppe ausgeschmückt. An Schnüren Lampions aufgehängt, das Neonlicht mit buntem Kreppapier gedämpft, Tische und Bänke aufgestellt. Mit Holzkisten und Brettern eine Bar gebaut und das alte grosse Tonbandgerät hervorgeholt, die alten Bänder oben aus dem Korb gekramt, die vor langer Zeit einmal für ein Fest mit Tanzmusik bespielt worden waren.

Gestern Jacques' Geburtstag.
Den Karla mit Unruhe erwartet hat und der so still gekommen und wieder gegangen ist.
Morgens war Karla auf dem Friedhof und hat ihre Gartenblumen zwischen die Sträusse der anderen gestellt. Jacques' Grab ein buntes duftendes Sommerbeet.
Früher hatten wir am jeweils nachfolgenden Wochenende oft mit Freunden ein Fest in Haus und Garten gefeiert. Auch mit Lampions, Tanz und Spielen, und gegen Morgen hat sich Ulli ans Klavier gesetzt und dir, Jacques, deinen Lieblings-Jazz gespielt: Improvisationen im Stil von Errol Garner und Oscar Peterson.
Karla lässt Jacques' Grab durch eine Gärtnerei herrichten. Sie selbst macht wenig daran. Bringt nur hin und wieder einen Gruss von zuhaus. Frische Blumen aus dem Garten oder gekaufte, die sie vorher immer erst ein bis zwei Tage bei sich einstellt. Sie hat Mühe mit diesem Hügel, aber versteht Jacques' Eltern, die fast jeden Tag hingehen und weinen. Das ist ja auch Jacques. Dein Körper, der so gesund und trainiert war, so stark und weich, dein Gesicht, das gute, deine Hände, die hielten, was sie versprachen. Deine Augen, grün wie Waldseen, und dein dunkelbraunes seidiges, volles Haar, dein schöner Hinterkopf, deine Nase, dein Bart, dein Mund, Ohrmuscheln und Ohrläppchen, jetzt liegt alles da, in der schmalen Kiste in dem dunklen Loch. Ruhen, sagen die Friedhofsgänger. Zerfallen, verwesen, weiss Karla.

Für uns beide, Jacques, brauche ich das Licht oder eine weite Dunkelheit, die Platz für beide hat und mehr.
Als Grabstein hat Karla einen Bogen entworfen. Nichts Schweres soll auf Jacques' Kopf oder Körper stehen. Am liebsten sähe sie ihn unter einer heiteren, ewigen Blumenwiese.

Gestern hat Karla an diesen Tag vor neununddreissig Jahren gedacht. Wie Jacques in dem kleinen Krankenhaus aus dem Leib seiner Mutter geboren wurde. An die Schmerzen, Verkrampfungen, wahrscheinlichen Ängste. Und dann die Erleichterung und Freude seiner Mutter, der Stolz des Vaters. An deinen ersten Schrei hab' ich gedacht, Jacques. Deine beweglichen kleinen Zehen und die sich überall festklammernden winzigen Fingerchen mit den fertigen, hübschen Nägeln daran. An das Zwinkern der Äuglein und drollige Schmatzen des Mündchens.

Karla hat auch Jacques' Kinderbilder hervorgeholt. Das pausbäckige Baby mit dem munteren Blick und den forschenden Händchen in dem tiefen Kinderwagen. Alles noch rund und weich an dir. Noch keine Anzeichen von hohen Wangenknochen, charakterstarker Nase, markantem Kinn. Deinem athletischen Körper. Zu glauben, dass du ein Baby warst, ist trotz der Bilder genauso schwierig, wie dass es dich nicht mehr gibt. Mit den Schulfotos geht es schon ein bisschen besser. Schlaksige Jungenbeine in kurzen Hosen. Trotziges Gesicht über weissem Kragen, Schlips und Jackett. Und später, bereits als junger Mann – meiner ersten Erinnerung an dich schon nah –, mit aufgekrempelten Ärmeln in derben Schuhen und schwarzgebrannter Haut hinter unförmiger Sonnenbrille, lachend und abenteuerlich mit Schulkameraden auf einer Gletschertour. Dann unsere gemeinsamen Alben. Bilder unserer ersten Bekanntschaft. Später unsere Drei- und Viersamkeit. Feste. Ferien. Familienanlässe. Festgehaltene Zeit. Jacques über der spritzenden Bugwelle des Surfbretts. Lachend. Strotzend vor Kraft und Lebensfreude. Und Bilder aus dem Lastwagenfenster. Damals, als Karla mitgefahren war. Eselskarren in Sofia. Das silbrige Salzufer des Tuzsees. Die Steinwüste vor Gaziantep und dann die breite Wasserfläche des Euphrats, wie ein kostbares Schmuckstück glitzernd in der Sonne. Ein Wunder des Lebens in dieser Öde, das

biblische Gefühle nachempfinden liess. Dann wieder Wüste. Von Hitze versengte Grasbüschel. Ein Grabsteinfeld von riesigen Ausmassen. Olivenplantagen. Frauen in vermummenden Stoffen. Kinder mit geschorenen Köpfen. Auf manchen Bildern ist Karla selbst beim Fotografieren im grossen Rückspiegel an der Kabinenwand sichtbar. Wie sehnsüchtig das macht!
Anstrengend waren diese Fahrten für die Chauffeure, kräftezehrend und zermürbend. Immer knappe Liefertermine und Zollschikanen, die den Zeitdruck verstärkten. Dennoch machte Jacques auch selbst diese Touren, um seinen Chauffeuren Pausen zu gönnen. Vieles, was für Karla damals aufregend war, gehörte für Jacques zum Alltäglichen dieser Route. Aber zwei, drei Vorfälle waren auch für ihn neu. Mit solchen Überraschungen musste auf diesen Fahrten immer gerechnet werden.

Karla kann sich nur schwer von den Bildern lösen. Diese Reise war etwas ganz Besonderes gewesen. Die vielen Eindrücke. Überwältigende Landschaftswechsel. Fremde Gesichter, fremde Sprachen, fremde Speisen. Sie hatten sich fast ausschliesslich dort verpflegt, wo keine ausländischen Fahrzeuge hielten. Zwischen einheimischen Chauffeuren und Landarbeitern in kleinen Restaurants, zu denen diese Bezeichnung gar nicht passte, weil oft vor einer Lehmhütte oder einem Kiosk nur ein paar Stühle und Tische standen. Auch die fremden Gefahren. Schwierige Strassen. Schmal. Kurvenreich. Mit zersprungenen Asphaltdecken und unmarkierten, brüchigen Rändern in den Gebirgen. Unberechenbare Polizeimassnahmen. Immer wieder Lastwagenwracks neben den Strassen. Düstere Militärkontrollen entlang der syrischen Grenze. Aber immer diese Nähe zu Jacques. So viele tausend Kilometer von zu Haus entfernt, sie beide in der schmalen Kabine immer beieinander. Zwölf Tage und Nächte. Nur sie zwei.

Weil Karla kein Visum für Saudi Arabien hatte – Abschied in Bagdad.
Morgens im Flughafengebäude Jacques' abgespanntes und trauriges Gesicht!
Auf dem Rückflug nach München zog der ganze zurückgelegte Weg noch einmal wie eine Spielzeuglandschaft unter Karla hinweg. Jacques befand sich mit dem LKW bereits Richtung kuwaitische Grenze, und Karla, in dem schwach besetzten Flugzeug allein in ihrer Bankreihe bis zum gegenüberliegenden Fenster, weinte wie schon seit Jahren nicht mehr.

Wie gut, hatten sie hin und wieder auf Reisen und Ausflügen und auch auf diese Fahrt den Fotoapparat mitgenommen. Wie unpassend war ihnen manchmal das Fotografieren, Festhaltenwollen von Bewegungen und Stimmungen vorgekommen, und wie froh war Karla jetzt um all die guten, verschiedenen Bilder.
Diese vielen Erinnerungen. Und die äusseren Bilder stärken die inneren. Machen zusätzlich traurig, aber gleichzeitig auch so sehr glücklich. Schmerzlich glücklich, ja, doch glücklich. Die Fotos – fixierte Augenblicke in natürlichen Farben – optische Bestätigung der Vergangenheit.
Wenn Jacques und Karla nicht bewusst gelebt hätten! Immer wollten sie ihr Dasein so bewusst und stark wie möglich spüren. Dieses Er-leben auch den Kindern vermitteln. Wie reich jetzt, trotz allem Leid, diese Erinnerungsfülle macht.

Karlas Gedanken neben dem Regen und plötzlich das aufgeregte Geschrei durchs ganze Haus, bis hier heraus auf den Balkon, dass sie erschrocken aufsteht und durchs Zimmer auf den Flur rennt. Natalies Kichern auf der Treppe und atemloses «Mama komm, komm schnell, du musst ganz schnell in den Keller kommen».

Dort, in dem rot-blau verdunkelten Licht die Stimmen. Alt muss das Tonband sein. Claudia spult zurück. Eine Kinderstimme versucht einen Text nachzusingen. Claudia oder Natalie? Noch ein Stück weiter zurück. Eine Kinderstimme singt einen flotten Schlager. Ausländisch. Wahrscheinlich chinesisch. Mit rassigem Rhythmus, sogar irgendwie Refrain. Sich laut und forsch steigernd zu einem kräftigen, resoluten Abschluss.
Die drei im Keller lachen. Das ist Claudia. Vor zehn Jahren. Denn im Hintergrund immer wieder ein zufriedenes Brubbeln und Lallen. Dadda. Babba. Gagga. Natalie. Und dann die Stimmen von Jacques und Karla. Seine dunkle, warme, ihre unmusikalische. Beide zusammen etwas zu gedehnt, zu schleppend, aber unbeirrt und fest: Hoch auf dem gelben Wa–a–gen, sitz' ich beim Kutscher vorn, vorn, vorn ...

Alle vier hier so noch einmal vereint. Wie glücklich das macht.

Du hast keine grauen Haare bekommen müssen. Kein künstliches Gebiss. Keine Arterienverkalkung. Keinen Muskelschwund. Keinen Potenzverlust. Keinen zweiten Frühling. Mitten im blühenden Sommer deines Lebens bist du auf deinen letzten Wagen gestiegen.
Ohne uns. Weil es dein Weg war.
Der eigene Weg, den jeder nur für sich ganz allein gehen kann. Uns hattest du zurücklassen müssen, und das schmerzt trotz aller neuen Erfahrungen noch immer. Die Reise mit dir zusammen war so schön. Der Ort hier ist noch so unbekannt. Wir sind noch einsam ohne dich. Fremd. Verschüchtert. Unsicher.
Bald ein halbes Jahr ist vergangen, und unser Leben ist immer noch vorwiegend konstruiert. Lebensarchitektur nach bewährtem Muster. Wir sind aktiv. Organisieren Lebensbe-

jahung. Wir haben gelernt, welche Erlebnisse ablenken und Freude bringen, welche Bemerkungen fröhlich machen, welche Pläne Spannung erzeugen. Manchmal denke ich, wir täuschen uns geschickt über die echte Situation hinweg. Uns am Leben freuen ohne dich, davon sind wir noch weit entfernt. Jeder kleine neue Schritt tut immer wieder weh, weil es so scheint, als würde er uns von dir entfernen. Manchmal bist du so nah, und dann gibt es wieder Zeiten, da habe ich Angst und bin traurig, weil ich dich nicht spüre. Ich denke verzweifelt, das kann doch nicht die ganze Trauer gewesen sein, und während ich es noch denke, bricht es auf und heraus.
In einem halben Jahr, habe ich wohl vor einem halben Jahr gedacht, wird Zeit vergangen sein, hat sich einiges geklärt, wird es uns allen besser gehen, haben wir gelernt, das Leben weiterzuleben.
Ob Zeit aber wirklich seelische Wunden heilt, weiss ich noch immer nicht. Aber sie schafft Vertrautheit. Gewohnheit und neue Erfahrungen. Was dieses Jahr noch erschreckt, schmerzt, bedrückt, ist nächstes vielleicht schon gelernt, gibt Kraft, stärkt Sicherheit, schafft Selbstwertgefühle, Eigenständigkeit.
Das Schmerzhafteste daran ist, dass wir lernen müssen zu verstehen, kein zurückgebliebener Teil von dir zu sein. Wieder selbst ein Ganzes zu werden.

Alle reden von Ferien.
In Karlas Bekanntenkreis und im Krankenhaus gibt es niemand, der nicht verreist. Auch die Kinder berichten von Ferienplänen ihrer Schulfreundinnen.
Karla legt Griegs Klavierkonzert a-Moll auf, in einem Sommer in Dänemark komponiert, mit fünfundzwanzig Jahren. Die ganze Erlebniskraft der Jugend und die ganze verdichtete Fülle nordischen Sommers fällt mit der Musik ins Zimmer. Leicht hügelige Parklandschaft, fette Weiden, flache Strände und warmes, trockenes Gras an Sandwegen. Lichte Kiefern-

wälder mit grobschuppigen Stämmen, der Harzgeruch, die vereinzelten Birken dazwischen, unter den Füssen trockener, weicher, nachgiebiger Nadelboden. Blühende Moospolster und lange Grashalme mit ährenförmigen oder gefiederten Rispen im warmen Wind. Und die starken, plötzlichen Gewitter mit den kräftigen Regengüssen, das silberne Geblinke der Pappelblätter im Sturm und nachher die warmfeuchte, tropfende Stille und der Geruch von nassem Sand. Und der Sommer mit den Kindern und einer befreundeten Familie in Schweden fällt ihr ein, der einer der schönsten war. Vor dem verwilderten Garten des Ferienhäuschens staubiges Brombeergestrüpp am Bahndamm, über dem in der Hitze die Luft flimmerte, dahinter, am leicht abfallenden Weg zum See, Mohnblumen, Kornblumen und Margeriten und das knisternde Kornfeld mit dem Summen und Rascheln und Wispern und Zirpen zwischen den goldenen Halmen und den Zitronenfaltern im warmen Blau darüber, als hätte alles Leben seinen einzigen Sinn in diesem Sommer. Der Bauer hatte die Gartenbänke und den Tisch einfach vor das Haus auf den Rasen gestellt; Steinplatten oder Kiesplätze würden ja nur die Natur verdrängen, und der Sommer ist viel zu kostbar, um mit solchen Arbeiten vertan zu werden.
Den grossen See hatten die beiden Familien für sich allein, für die Surfbretter, das Kindersegelboot und einen alten, langen Ruderkahn. Dass das Wasser chemisch verseucht war, hatten sie damals noch nicht gewusst und ihr Dasein in diesem schönen Landschaftsbild und der Ruhe daher ungetrübt genossen. Die Kinder schleppten am Strand Steine zusammen, schichteten Wälle ins Wasser und grenzten ihre Landbesitze ab, bauten Sandburgen und Fabeltiere, auf denen sie davonflogen. Tage von gleichbleibender Wärme und Stille. Lesen, schlafen, träumen, Sonne auf der Haut und im Glitzern des Sees, der Geruch von getrocknetem Gras. Nur manchmal kamen Frauen oder Männer herunter in das seitwärts gelegene Waschhaus und schäumten ihre Wäsche ein

und spülten sie im seichten Uferwasser, und jeden Mittag die dicken, weissen Wolken über dem gegenüberliegenden Ufer, als zöge eine friedliche Windjammerregatta mit aufgeblähten Segeln vorbei. Einmal hatten Jacques und Karla mit dem Ruderboot eine Erkundungsfahrt das lange, einsame Ufer entlang gemacht und sich in einem der dichten Schilfstreifen versteckt geliebt.

Und noch so viele andere Erinnerungen fallen Karla ein, wenn sie an Ferien denkt, und Wehmut mischt sich in die Freude, aber auch Sehnsucht, trotz der veränderten Lebensumstände die Sachen zu packen, einfach ein paar Tage weg von allem, sie und die Kinder, nur Zeit füreinander und ein völlig anderes Leben, dazu andere Menschen, andere Luft, andere Länder, andere Sprachen. Natürlich, das Vergangene würde mitreisen, aber würde es nicht dennoch guttun, einen neuen, selbständigen Schritt zu wagen?
Um Kräfte zu sparen, könnte ja die Vergangenheit von Anfang an ganz bewusst mit einbezogen werden, indem sie zum Beispiel etwas unternahmen, bei dem aus den vorjährigen Erfahrungen zu viert nun Sicherheit für diesjährige zu dritt geholt werden konnte. Der Wechsel von Erinnerungen und neuen Eindrücken würde diese Reise zu einem besonderen Erlebnis machen. Die zum Durchhalten nötige Eigenständigkeit alle drei ein Stück weiter bringen, auf dem jetzigen Lebensweg. Selbstbewusstsein und Lebenskraft wären gestärkt.
Und wenn es nicht gutging? Probleme auftauchten, wie man sie einkalkulieren sollte: Pannen, Verständigungsschwierigkeiten, Diebstahl oder Schwerwiegenderes? Daran wollte Karla jetzt nicht denken. Wieviel ärmer wäre ihr ganzes bisheriges Leben geblieben, hätte sie ihre Entscheidungen jeweils von sicheren Erfolgschancen abhängig gemacht. Vielleicht war überhaupt immer alles vorbestimmt, und es gab gar kein wirkliches Risiko. Sie müsste ja stehenbleiben, würde sie

für sich nicht immer wieder das Gefühl haben, etwas Neues, Unerforschtes, im voraus nicht genau Bestimmbares zu wagen.

Claudia und Natalie sind begeistert. Zwei Wochen Ferien, einfach so, aus heiterem Himmel sozusagen, gar nicht gross geplant, und wieder wie letztes Jahr die lange Holzkiste auf den Gepäckträger des Kombis geschraubt, für den Gaskocher, das Frühstücksgeschirr und die Kleider; Luftmatratzen, Wassertank und das kleine Zelt im Kofferraum verstaut und nur eine ungefähre Route zusammengestellt, Frankreich, Belgien, Holland. Das macht rotglühende Wangen und strahlende Augen.

An einem Donnerstagmittag ist der Wagen gepackt. Die Schwiegereltern stehen zum Abschied auf der Strasse. Auch die Hunde spüren die bevorstehende Veränderung und trippeln nervös am Gartenzaun hin und her. Die Schwiegermutter hat ein bleiches, angespanntes Gesicht. Letzte Nacht hat sie vor Sorgen nicht mehr schlafen können. Die drei allein in ihrem Auto, jeden Tag an einem neuen Ort, womöglich auch noch Nächte auf unbewachten Plätzen, was da alles passieren könnte!
Karla streicht ihr über die Wange. «Deine Angst immer vor Unfällen. Wenn etwas passieren soll, dann passiert es, ob hier oder woanders», sagt sie, «du weisst doch. Wir haben das doch erlebt.» Sie hält erschrocken inne und ist traurig, dass sie das gesagt hat. Aber es musste auch sein. Nicht, um die Not der alten Frau zu verstärken, sondern zur Abwehr dieser schwiegermütterlichen Angstschlinge. Wie hatten Jacques und Karla jedes Jahr vor ihren Ferienaufbrüchen die gleichen Besorgnisse beschwichtigt und abgeschüttelt und waren unterwegs verschiedentlich davon doch wieder eingeholt worden. Aber Karla will sich nicht entmutigen lassen, sie will auch keine Kräfte im Kampf gegen die Angst einsetzen müs-

sen, sondern mit leichtem Herzen ins Auto steigen, davonfahren, Musik im Radio, die fröhlichen Stimmen der Kinder hinter sich, im Fenster blauer Himmel und mit jedem zurückgelegten Kilometer mehr kribbelndes Fernweh unter der Haut.

Mittags machen sie in Mühlhausen ein paar Einkäufe für das Frühstück am nächsten Morgen, abends verlaufen sie sich in Colmar, das ihnen so mittelalterlich vorkommt, dass sie eigentlich immer damit rechnen, hinter der nächsten Strassenbiegung einem singenden Nachtwächter mit Laterne zu begegnen, aber sie treffen doch keinen und müssen sich auf ihren eigenen Orientierungssinn verlassen, um den Parkplatz mit dem abgestellten Auto wiederzufinden. Dann die Suche nach einer geeigneten Schlafstätte durch schwach beleuchtete, fremde und in der Dunkelheit gesichtslose Dörfer, über schmale kurvige Strassen, bis sie endlich, als ihre Augen vom anstrengenden Auskundschaften schon brennen, eine Sackgasse finden in der Nähe von niederen Büschen und einem Wiesenbord.
Sie sind so müde, alle drei, dass sie die Luftmatratzen gar nicht erst aufpumpen, sondern die doppelte Gummihaut einfach so, nur zum leichten Schutz, auf den Kofferraumboden und die vorgeklappte Rücksitzlehne breiten, vor lauter Schwere nur noch ein bisschen blödeln können beim Verfrachten des übrigen Gepäcks auf die Vordersitze; dann gleich in die Schlafsäcke kriechen, die Heckklappe zuschlagen, «Gute Nacht» murmeln und sofort verstummen.
Auch Karla ist todmüde, aber je mehr der Körper in Tiefen fällt, sie sich nach Schlaf sehnt, desto angestrengter rumort es in ihrem Kopf. Die besorgte Stimme der Schwiegermutter. Wenn man euch beobachtet, eine Frau und zwei Mädchen allein in einem Auto auf irgendeinem abgelegenen Platz, noch dazu im Ausland. Karla hatte ja gelacht, und nun wachsen ihre Ohren doch zu riesigen Trichtern, die überall verdächtige

Geräusche auffangen. Und sind überhaupt die Türen verschlossen und die Heckklappe? Hatten sie nicht nur alles einfach so zugeschlagen? Steckte der Autoschlüssel etwa noch im Schloss? Wo war das Reisegeld, und konnte nicht Gas durch das eventuell schlecht angeschraubte Aufsatzstück entweichen und geruchlos in den vorderen Fensterspalt fallen und morgen beim Starten explodieren? Irgendwann hatte sie nämlich einmal gelernt, dass Propangas schwerer als Luft ist und absinkt. Gegen soviele Bedrohungen führt ihr müder Verstand einen aussichtslosen Kampf.

Aber die wirkliche Gefahr lauerte ganz woanders.
Am nächsten Tag Strassburg. Das Münster. Oben auf der Plattform, an der steinernen Brüstung plötzlich dieser Gedanke. Tief unten die verschachtelten Grau und Rot der Häuser und Dächer. Spielzeugfiguren und -autos. Selbst wenn man es sich noch einmal überlegte, während des Sprungs, wäre es zu spät, nichts mehr zu ändern. Ängste und Sorgen sinnlos. Eine nicht mehr rückgängig zu machende Entscheidung gefällt. Wie erlebte sich die Unabänderlichkeit dieses Augenblicks? Empfand man Grösse, Freiheit, oder begleiteten ihn Angst, Bestürzung, Hilferufe bis zur Ohnmacht, Bereuen, Entsetzen über den plötzlich immer unsinniger werdenden Entschluss. Nur ein einziges Sehnen, den Flug zu stoppen? Ein Hoffen, zu träumen und gut aufgehoben im Bett zu erwachen?
Natalie dreht sich auf der Plattform, springt mit fliegenden Haaren und flatterndem Rock im Wind verspielt hin und her. Hüpft dann zu Claudia auf die andere Seite, sie beugen sich beide weit über das Geländer, die Köpfe in die Tiefe gestreckt, und lachen. Dieses selbständige Gefühl in Karla weiss um die Endgültigkeit einer solchen Entscheidung und verspürt zugleich Erschrecken und Verlockung. Was hält zurück? Wenn es erst einmal gewagt ist, gar nichts mehr.
Karla beobachtet ihre Kinder ganz genau. Klammert ihren

Blick an den beiden fest. Für sich selbst und auch für die zwei. Aber die Kinder jedenfalls sind wirklich so, wie sie scheinen: fröhlich und unbekümmert.

Auf der Weiterfahrt glaubt Karla ganz bewusst die fremde Landschaft aufzunehmen, aufmerksam den schwachen Strassenverkehr zu beachten, den Fragen der Kinder zuzuhören – und dann, zwischendurch, ganz unvermittelt, immer wieder eine Art plötzlichen Erwachens: Jacques ist nicht mehr da. Sitzt nicht neben ihr oder gerade hinten bei den Kindern, ist nicht zu Hause geblieben, mit Arbeit überhäuft.
Dann wieder dieses Gefühl von Vertrautem – bei der Wärme auf der Haut, dem Bild wechselnder Landschaft, dem Geschmack immer salziger werdender Luft – das plötzliche Wissen, doch nicht allein zu sein mit den Kindern, dass es nicht stimmt, dass Jacques nicht da ist, denn sie spürt ihn ja ganz nah, fühlt sich so sicher und geborgen, denn sie machen diese Reise eben doch zu viert, wie schon einmal im letzten Jahr besprochen. Ja, das ist die Wirklichkeit. Eine glückliche Wirklichkeit, über die sich Karla freuen darf. Sie fühlt sich frei und stark und zuversichtlich, jetzt kann nichts Böses mehr passieren, und es geht auch alles gut, sie kommen ohne Schwierigkeiten voran; nur abends, auf dem «wilden» Campingplatz, den sie gerade noch vor dem Dunkelwerden an der Uferstrasse entdecken, versinkt der vollgepackte Ford im Dünensand – mit jedem Befreiungsversuch tiefer. Auch Claudia und Natalie bekommen ihn mit Schieben nicht mehr raus, aber da sind auch gleich zwei grosse, kräftige Männer zur Stelle, orienterfahren, und Karla lernt, dass ein Auto aus Sandwehen nicht wie aus Schnee mit angezogener Handbremse geholt wird, sondern mit Schaukeln: Vorwärtsgang, Rückwärtsgang, Vorwärtsgang, Rückwärtsgang, in schneller Folge, bis die Bodenmulden unter den Rädern festgerollt sind, und dann in Richtung Antriebsräder mit Schwung hinaus.

Nach dem Nachtessen, draussen in der frischen Seeluft, verkriechen sich die Kinder in ihre Schlafsackbetten, aber Karla folgt noch der Einladung ihrer Helfer und nimmt eine Flasche Rotwein mit, die sie aus alter Reisegewohnheit eingepackt hatte. Spät kommt sie zum Wagen zurück. Es ist schon dunkel, der Himmel mit Sternen übersät. Neben ausgebreiteten Kinderarmen und -beinen sucht sie einen Schlafspalt. Claudia und Natalie wachen auf, wollen gleich genau Bescheid wissen über das nächtliche Erwachsenengespräch. Karla berichtet, was ihr so einfällt, gähnt dann: «Wieso wollt ihr das so genau wissen?» «Natalie», sagt Claudia nun auch wieder mit schläfriger Stimme, wird aber durch Natalies Gekreische unterbrochen: «Nein, Claudia, nicht. Sag's nicht.» Aber Claudia lacht jetzt wieder munter. «Natalie hat Angst gehabt, du willst den einen Typ vielleicht heiraten.» – «Ich glaube, ihr spinnt.» – «Na», sagt Natalie, «es sah so komisch aus. Du da auf der Decke bei denen so nah dran.» Karla kann schon wieder lachen. «Nun wisst ihr's ja. Wir haben nur geredet. Ich hab' euch ja alles erzählt.» Sie legt sich auf den Bauch und stupst mit dem Hintern nach rechts und links ein bisschen mehr Freiraum. «Also was euch so einfällt. Ich will doch keinen Mann aufreissen. Wie kommt ihr bloss darauf?»

«Schliesslich war's das erste Mal», wehrt sich Claudia, «dass wir dich wieder mit fremden Männern zusammensahen. War ja auch nicht so ernst gemeint.»

«Spanner ihr», sagt Karla, «schlaft jetzt. In wenigen Stunden ist die Nacht vorbei.» Und nach einer Weile noch: «Ruhe jetzt endlich, das ist ein mütterliches Machtwort.»

Aber bevor sie wirklich einschlafen, müssen alle drei zwischendurch immer noch mal ein bisschen kichern und reden.

Und ganz zum Schluss weiss Karla noch, oder träumt es bereits schon, dass es richtig ist, dass sie drei jetzt hier am belgischen Strand, mit dem Wellenrauschen in den Ohren und dem Salzgeschmack auf der Zunge, im Auto Feriennacht haben.

Karla sieht ihre Schwiegermutter schon durch die Eingangstür vom Gartentor her die Treppen heraufkommen und gibt ihr ein Zeichen zur Vorsicht.
«Was du alles wieder machst», sagt die Frau kopfschüttelnd, schürzt den Rock und steigt mit hohen Schritten über das ausgebreitete, bekleckste Zeitungspapier.
Karla steht oben auf der Leiter, Farbpünktchen im Haar, auf Gesicht und den nackten Armen, dem alten T-Shirt und der Trainingshose. Das Dunkelgrün des Flurs ist mit dem ersten Anstrich zu Grau geschmolzen, aber Decke und Wände hinter den Garderobenhaken und über der Eingangstür leuchten nach dem zweiten Übermalen bereits in cremigem Weiss.
«Spar dir doch lieber deine Kräfte etwas auf und verbrauche sie nicht immer gleich wieder mit solchen Bravourstücken.»
Karla wischt mit dem Ärmel einen Spritzer von der Lippe und leckt mit der Zunge nach, lehnt sich weit über die oberste Sprosse der Leiter, um richtig in den Winkel der Deckenecke zu kommen. «Ich muss meine Ideen umsetzen, wenn ich mich dazu in der Lage fühle. In Stimmung bin. Weisst du doch. Ausserdem kriege ich nicht so viel giftige Dämpfe in die Lungen, wenn die Fenster dabei offen sind.»
Die Schwiegermutter nestelt schweigend den Plastikbeutel aus der Tasche und das Gummiband vom prallgefüllten Sack und lässt den Inhalt, Essensreste vom Mittag und aufgeweichtes Brot, in den Hundenapf plumpsen, rührt mit dem Zeigefinger um, dass Karla vom aufsteigenden Geruch ganz elend wird. Die Eingangstür schlägt auf und rammt Karlas Leiter, dass es einen Schlag gibt und der Farbtopf auf der oberen Stufe verrutscht. Die Hunde sind auf die Klinke gesprungen, zwängen sich nun durch den Türspalt, die Leiterbeine, zerreissen unter ihren ungeduldig tapsenden Füssen die Zeitungen, schleppen Farbspuren auf den Teppich und stürzen sich gierig auf das Fressen, als hätten sie seit drei Tagen gehungert.
«Wenn du Wäsche hast», sagt die Schwiegermutter, «ich

hänge sie dir auf.» «Hab' keine gewaschen», brummelt Karla unter der Flurdecke. «Aber das Wetter wäre jetzt günstig. Wenn du sie mitbringst, stelle ich dir die Maschine an. Dann wird sie heute noch trocken, bei dem warmen Wind.» – «Ich muss erst nachsehen.» – «Wenn du zu lange wartest, reicht es dann doch nicht mehr mit der Zeit.» Karla seufzte böse. «Gleich.» – «Aber wenn du nicht willst, ich meinte ja nur», jetzt klingt die alte Stimme enttäuscht, vorwurfsvoll trocken, und Karla drückt die Farbrolle an der Wand aus, hängt sie an einen Leitertritt, legt den Pinsel über den Farbtopf und bindet die alten Turnschuhe auf, schlüpft mit einem Fuss heraus, hangelt hinüber zur untersten Treppenstufe und zieht dann den anderen hinterher. Oben, im Badezimmer, schüttet sie den Wäschebehälter über einem Korb aus, trägt diesen vorsichtig die Treppen hinunter in die Waschküche, sortiert die Wäsche in drei Haufen und stopft den weissen in die Maschine, schüttet Pulver drauf und stellt den Gang ein. Die Schwiegermutter wechselt beim Werkzeugschrank die Strassenschuhe mit ein paar alten für den Garten, rollt die Strümpfe zu braunen Würsten um die Knöchel, tauscht das Kleid gegen eine gemusterte Hemdschürze und knotet ein Tuch um die aufgesteckten Haare. «Na siehst du, ist doch besser so.»

Jetzt wieder an die Malarbeit zu gehen, müsste sich Karla zwingen. Erst einmal gefriergetrockneten Kaffee in eine der grossen Henkeltassen und heisses Wasser aus dem Hahn und etwas Milch.

Draussen, auf den Verandastufen, schlägt ihr die Hitze entgegen von Sonne, Luft und aufgeheizten Steinplatten und Wänden. Sie setzt sich auf die warmen Stufen und lehnt den Rücken an den Türrahmen, zieht die Knie etwas an. Dumm. Die Arbeit hatte sie gar nicht angestrengt, nicht das Abdecken des Teppichs mit Zeitungen, das der Holzleisten und Türrahmen mit Klebeband, nicht das Abwaschen von Decke und Wänden und auch nicht das Streichen. Die Kinder waren im

Schwimmbad, die Hunde friedlich im Garten, im Haus herrschte angenehme Kühle. Etwa drei Stunden waren bisher vergangen und hatten sie kaum ermüdet. Sorgfältig und Stück für Stück hatte sie sich mit Ruhe und Konzentration vorwärts gearbeitet, hatte nicht einmal dabei bemerkt, dass offenbar schon den ganzen Nachmittag landwirtschaftliche Maschinen auf dem Feld hinter dem Garten ohrenbetäubenden Lärm machten. Und dann war von einem Augenblick zum nächsten alles plötzlich anders.

Dabei hatte ihr die Schwiegermutter ja nur helfen wollen und auch recht mit ihrer Aufforderung gehabt. Der Arbeitsunterbruch war winzig im Verhältnis zur Wirkung, denn am Abend würde ein erster Wäscheberg bewältigt sein, gewaschen, getrocknet und vermutlich auch zusammengelegt. Und doch war es in solchen Situationen jetzt immer gleich. Jede Aufforderung, die kleinste Kritik, der wohlmeinendste Ratschlag von Verwandten, Freunden oder Bekannten brachte sie in nervöse, gereizte Abwehrstimmung. Wer hätte ihr schon was zu sagen, wo sie so viel mehr bewältigte als andere. Wer konnte sich anmassen, ihr aus seinem eigenen Leben heraus zu raten? Karla wusste, dass sie ungerecht war, sich bereits angegriffen fühlte, wenn man ihr nur helfen wollte, wusste, dass sie in dieser Beziehung unlogisch reagierte, wie jetzt mit der Wäsche, denn eigentlich hatte sie allen Grund, sich über diese Arbeitsentlastung zu freuen. Und sie wollte auch an sich arbeiten, nahm sich das immer wieder von neuem vor und handelte dann doch immer wieder gleich abweisend, nachlässig, dass sie die anderen verletzen musste. Wie kompliziert ihr Leben geworden war selbst da, wo es ganz einfach verlaufen könnte.

Vielleicht machte sie es doch falsch.

Vielleicht steckte sie überhaupt in einer chronischen Überreizung und Überforderung, an der auch zwei Wochen Ferien am Meer nichts geändert hatten, auch wenn sie Kraft ver-

spürte, neue Ideen und Aktivität zu leben. Vielleicht war das nur eine Scheinerholung gewesen, die sie über den wahren Zustand hinwegtäuschte und veranlasste, so zusätzlich Raubbau an ihren Nerven und körperlichen Kräften zu treiben. Richtig hungrig hatte sie sich auch diesmal, wie immer nach Ferien, in die verschiedensten Arbeiten gestürzt: längst fällige Briefe erledigt, einen Maurer bestellt zum Verspachteln der Frostrisse in den Fenstereinfassungen, der Dachdecker hatte drei vom Hagelschlag im Frühling beschädigte Ziegel ersetzt und auch gleich die Regenrinnen durchgespült, für Claudia war ein gehäkeltes Überhemd aus Lederschnur fertiggeworden, alle Fenster hatte sie geputzt, den Nachbarn, als wieder mal Reklamationen wegen der Hunde gekommen waren, tüchtig die Meinung gesagt und sich nun auch noch den Flur vorgenommen, mit Pinsel und Farbe.
Wie auch anders. Schliesslich waren von ihr nach all den letztjährigen Ferien immer irgendwelche Eindrücke im Haus in Farbe umgesetzt worden. Die französische Atlantikküste hatte das Wandbild in der Veranda gebracht, Schweden das farbige Treppenhaus, Italien die Marmorierung auf der Esstischplatte. Und diesmal hatte sie gleich gewusst, dass der Flur nicht dunkel bleiben durfte. Cremig weiss musste er werden, wie alle anderen Räume im Parterre, hell und freundlich. Und weil sie immer schon im Haus hatte ihre Ideen verwirklichen können, war das bedrückende Gefühl im ersten Augenblick des Entscheids auch nur ganz klein gewesen. Weil es ein Stück Abschied war vom Altgewohnten, Veränderung eines Stückes Lebenskulisse mit Jacques, aber nur in geringem Masse, und Jacques hätte das ebenso gefallen wie ihr. Ausserdem lebte sie jetzt darin, ihr musste es gefallen, nur ihr allein und den Kindern. Logik und Sachlichkeit dieses plötzlichen Gedankens allerdings waren ihr einen Moment hart und kalt vorgekommen, ihren Gefühlen fremd, hatten sie erschreckt. Und dann wusste sie auch, noch lange würde der Weg in weitere Unabhängigkeit auf besondere Art

schmerzen, Trauer als Ablösungsprozess nicht nur wehmütiges Leid bedeuten, sondern auch Kampf.

Ende August bereits. Am Morgen der erste Nebel. Karla war in der Nähe der Fenster geblieben, das Auflösen der weissen Wand nicht zu versäumen. Wie sie diese Enthüllung liebte, erst die roten Buschrosen neben den Steinplatten, dann die orangen Kerzen und gelben grossen Glocken, die sich aus ihrer Verschliessung erst abends öffnen würden – so schnell, dass man zuschauen konnte, dahinter das feine grüne Gefieder vom Bambus und den Spierensträuchern. Und über allem eine Ahnung von Blau und Gold, die immer wirklicher durch den nun staubfarbenen Dunst sickerten, bis sie mit einemmal da waren, so schnell und überall, dass man sich nicht mehr erinnerte, wie es geschah: weiter, warmblauer Himmel und klare, strahlende Sonne.
Karla liebt den Spätsommer sehr und auch den Herbst. Und plötzlich waren ihr Herz und Glieder schwer. Übermüdung, Schwermut, Trauer? Sie wollte nur noch dort sitzen, im Wohnzimmer mit Blick durch das Fenster. Immer dort. Die Schönheit da draussen und der Schmerz in ihr drinnen.
Wehmut und Sehnen zugleich.
Dann auf einmal Kraft.
Etwas tun.
Diese wunderbare Spätsommermorgenstimmung nutzen.
Eine Platte auflegen. Ella in Hamburg oder Bob Dylan, den Wecker oder Weihnachtslieder von Mahalia Jackson. Simone de Beauvoirs Buch zu Ende lesen und die andern alle, die noch warteten, die Italienischlektion verschlingen, in den Garten laufen, ein Stück des Gartens sein, mit den Hunden über den Zaun springen und übers messingfarbene Stoppelfeld tollen, über die Strasse den Hügel hinauf zum Wald, ein Stück Landschaft sein, ins Auto sitzen und ans Meer fahren; eine unbändige Energie war in ihr, Unternehmungslust, aber Schwere auch, das Wissen um Vergänglichkeit, wie immer im

Spätsommer und Herbst, und sie sass still, hielt still dem inneren Freudentaumel und Aufruhr stand, sie nicht zu verlieren. Würde sie aufstehen, das Bild verändern, wäre vielleicht alles vorbei. Jetzt standen noch alle Möglichkeiten offen. Von allem, was in ihr war, könnte alles umgesetzt werden. Entschied sie sich für eine Sache, würde der Aufwand nur Zeit und Stimmung vergehen lassen. Ein Buch lesen, würde ihr die Augen für den Garten verschliessen; wenn sie durch die Felder wanderte, sähe sie die Blumen hinter sich nicht mehr.
So wollte sie dort also sitzen bleiben und die Fülle dieser Zeit in Stille und Ruhe auskosten.

Dann waren da doch die Betten zu machen, Einkäufe, weil es Samstag war, Kinder zu verpflegen, Hunde zu füttern. Alltagsverrichtungen, in denen die schöne morgendliche Kraft verpuffte. Aber am Nachmittag, die Kinder waren mit ihren Badetaschen davongeradelt, flackerte ein kleines Restchen Tatendrang noch einmal auf. Gerade genug, die Zeitungen zum Abdecken des Bodens aus dem Keller zu holen und systematisch mit der Verwandlung des Flurs zu beginnen.
Und nun sitzt sie hier, in der knalligen Hitze, faul, die Kaffeetasse auf den Knien, und unten im Garten schuftet die Schwiegermutter wie ein Sklave.
Aber vielleicht betrügt Karla sich.
Sind Arbeitssucht und Arbeitsdisziplin in Wirklichkeit Flucht. Indem sie sich vergegenwärtigt, wie wichtig gewisse Arbeiten sind – Härte verlangen, Konzentration erzwingen –, verwehrt sie ihren Gedanken abzuschweifen, sich fallenzulassen.
Solche durchorganisierten und arbeitsreichen Tage enden meistens in todähnlichem betäubendem Schlaf. Aber wie lange geht das noch gut?
Eines Tages, das ist gewiss, werde ich wieder so ausgelaugt sein, dass kein zufriedenes Wohlgefühl mich mehr einlullt.

Und im Fahrwasser der völligen Erschöpfung werden zermürbende Nächte segeln. Schlaflos durchgegrübelt. Gefolgt von Tagen, in denen Gedanken aus der Kontrolle glitschen. Von keinem Arbeitswillen mehr zu bändigen.
Steuere ich bereits darauf zu?
Bringe ich mich mit diesem selbstzerstörenden Kräfteeinsatz nicht unweigerlich an diese Schwelle?

Gestern hat jemand seine Hand auf meine Schulter gelegt und den Druck verstärkt, bis *ein* Schmerz meinen Körper durchfuhr.
Einer ist am Maschenzaun stehengeblieben und hat meinem Tennisspiel zugesehen, und das Wissen, dass er stehengeblieben ist ohne besonderen Grund, sich ans Gitter lehnt und herüberschaut, hat den Schmerz verstärkt.

Es ist schon so lange her, Jacques, dass du unter dem Ahorn hindurch die Stufen ums Mäuerchen herumgekommen bist, mittags, von der Arbeit, wenn es warm war und ich den Tisch vor der Veranda im Garten gedeckt hatte. Dein liebes, vertrautes Gesicht wirkte mit der leicht getönten Brille oft ernster, als es deiner Stimmung entsprach. Ich lege die Arme unter der Jacke um deine Hüften, dass sich die Hände auf dem warmen Hemd im Rücken berühren und gebe dir einen Kuss. In deinen warmen weichen Bart. Auf deinen warmen weichen Mund.

Karlas Schwiegermutter kommt über die Gartenplatten geschurrt. Legt Salatköpfe, Tomaten, Gurken und Radieschen auf den Tisch. Karla stellt die Tasse zur Seite und holt den Korb mit der feuchten Wäsche aus dem Keller, trägt ihn zur Wäscheleine, hilft der Schwiegermutter beim Aufhängen. Dabei steigt ihr der Geruch der warmen Tomatenstauden in die Nase. Wie gut, einen Garten zu haben, darin gelernt zu haben, geduldig zu sein.

Wie schwer es Karla in den ersten Jahren gefallen war, sich an den langsamen Prozess des Wachsens und Gedeihens, Blüte- und Früchtetragens neuer Blumen, Sträucher und Obstbäume zu gewöhnen. Wie neugierig und von Ungeduld geplagt hätte sie manchmal am liebsten die Finger in den Boden gebohrt, zu ertasten, ob die Blumenzwiebeln unter der Erde auch wirklich Triebe bekamen, mussten die Himbeersträucher nach neuen roten Früchten kontrolliert und die noch grünen Äpfel gekostet werden.
Wie sehr hatte sie lernen müssen, den Dingen ihren eigenen Lauf zu lassen; fast schmerzlich war die Erfahrung, dass Aktivität und Wille hier nichts beschleunigen konnten, die Natur ganz ruhig ihren eigenen Gesetzen folgte. Und wie froh war sie jetzt um diese Erfahrung, diese Schule. Manchmal, wenn sie den Schmerz, was immer noch oft geschah, fast nicht mehr aushalten konnte, dachte sie an ihren Garten und daran, dass Trauer vielleicht wie eine aufkeimende Pflanze ist und auch so gehalten werden muss, mit geduldigem Warten.

Der Treff für Alleinstehende ist etwas Neues im Ort. Karla hat darüber im Lokalblatt gelesen und geht am Abend zur Orientierungsversammlung. Fast vierzig Interessierte sind gekommen – alles Frauen. Wie vorgesehen, verschiedenen Alters, die Älteren, wie sich herausstellt, vorwiegend verwitwet, dann auch Geschiedene, wenige Alleingebliebene.
Die Veranstalterinnen, drei alleinstehende Frauen, haben sich auf Anregung einer politischen Frauengruppe bereit erklärt, diesen Versuch einmal zu wagen. Sie stellen sich vor und sprechen dann von der Idee, vielleicht einmal pro Woche unkomplizierte Treffs durchzuführen, die Alleinstehenden Möglichkeiten schaffen sollen, andere Menschen kennenzulernen, den eigenen Bekanntenkreis zu vergrössern, Gedankenaustausch zu schaffen. Fragen nach den Räumlichkeiten,

der Häufigkeit von Treffen, in welcher Form sie sich abspielen sollen, sind noch völlig offen, sollen vielleicht in dieser ersten Runde diskutiert werden, sich aus den Ideen und Bedürfnissen der Anwesenden entwickeln.
Als Ausgangsbasis sind aber folgende Einschränkungen gewünscht: Die Gruppe soll kein Verein mit festen Beiträgen und Verwaltungsarbeiten werden, in keiner Weise hierarchisch aufgebaut sein, auch kein Kaffeekränzchen; keinen organisierten Veranstaltungskalender im üblichen Sinne anbieten. Vorhandene gemeinschaftsfördernde Angebote sollen nicht konkurrenziert, sondern eher mit eigener Beteiligung unterstützt werden. Den Sinn der Gruppenbildung sehen sie in der Aktivierung der eigenen Ideen und Unternehmungslust innerhalb der Gemeinschaft Gleichgesinnter. Alleinstehende kennen ihre eigenen Bedürfnisse meist recht gut. Sie haben alle einmal lernen müssen, ihr Leben selbst in die Hand zu nehmen; dennoch finden sie oft nicht den Mut und die Möglichkeiten, ihre Wünsche zu verwirklichen. Die Gruppe könnte dabei vielleicht helfen.

Das Gemurmel, das danach einsetzt, kann Zustimmung, aber auch bereits Kritik sein. Jedenfalls scheitert der erste Auflockerungsversuch daran, dass etwa fünfzehn Frauen an einem Tisch sich weigern, am vorbereiteten Spiel teilzunehmen. Verschiedene Bilder waren zerschnitten, ihre Teile mussten von den Anwesenden aus dem Korb gefischt und auf der Suche ringsum wieder richtig zusammengestellt werden. Jedes vollständige Bild ergab dann eine neue Gesprächsrunde. Die fünfzehn Frauen aber wollten nicht aufstehen, keine anderen kennenlernen, nur beieinanderbleiben.
Dann kommen trotzdem die ersten Ideen, ganz unterschiedlich vorgetragen: bestimmt, forsch, zaghaft, nervös, überzeugt. Eine ältere Frau will zeitweilig Haus und Garten und ihre grossmütterlichen Gefühle zum Beaufsichtigen von Kindern zur Verfügung stellen, jemand besucht gerne Opern und

sucht Gleichgesinnte möglichst mit Auto, eine Frau mit französischer Muttersprache hätte gerne eine Konversationsgruppe gebildet, eine andere will unsichere Alleinstehende auf ihren Gängen zu Ämtern begleiten und bei der Ausstellung von Steuererklärungen behilflich sein, verlangt aber von der ganzen Gruppe rigorose Enthaltsamkeit im Rauchen. Eine junge Frau mit ungewöhnlich hellen Augen steckt sich demonstrativ einen Zigarillo an. Macht dann einen Vorschlag, der Karla gefällt: ein festgelegter Wochentag an einem dafür freigehaltenen Tisch in einem Lokal des Ortes. Beim ungezwungenen Zusammensitzen könnte man da reden, vielleicht spontan etwas abmachen, in Gesellschaft essen, trinken, fröhlich sein. Ein Stammtisch – der bisher hier im Dorf Männerdomäne war – nun auch für Frauen, was jedoch männliche Alleinstehende, sollten sie in Zukunft Interesse zeigen, nicht ausschliessen müsste.

Zum Auswerten der Anregungen bleibt keine Zeit. Die fünfzehn Frauen aus derselben Strasse brechen auf, geschlossen, andere tröpfeln langsam weiter ab, sind müde, müssen am nächsten Morgen früh aufstehen, wollen ihre Kinder nicht länger allein lassen oder haben ältere oder kranke Verwandte zur Pflege zu Haus oder einfach erstmal genug. Zuletzt bleibt noch ein kleines Häufchen von acht Frauen. Die Veranstalterinnen scheinen etwas ratlos und fühlen sich in eine Position manövriert, die sie nicht einnehmen wollen. Ihre Aufgabe hatten sie lediglich darin gesehen, dieser Idee Starthilfe zu leisten. Nun hatten die Alleinstehenden sie in die Rolle von Organisatorinnen gedrängt. Alle hatten sich interessiert gezeigt, das Treffen aber aufgelöst, bevor allfällige Arbeiten für weitere Zusammenkünfte verteilt waren. Über diesen Abend sollten das Lokalblatt und die Frauengruppe informiert werden, ein neuer Termin musste abgemacht, ein neuer Treffpunkt gefunden und Einladungen geschrieben werden. Sie geben auch zu, gar nicht mehr so sehr überzeugt zu sein von der Richtigkeit dieser Aktion. Sie sind alle drei selbst mit ihrem Alleinsein recht zufrieden. Offen für Neues, waren sie einer Einladung der politischen Gruppe, die vorwiegend aus verheirateten Frauen bestand, gefolgt. Dort gab es ein Referat über Alleinstehende, das den Eindruck hinterliess, viele dieser Menschen im Dorf würden unter grossen Kommunikationsschwierigkeiten leiden. Aber nun entsprach das gar nicht der hier erfahrenen Realität. Fast alle Anwesenden hatten ja von eigenen Interessen gesprochen, Freundes- und Familienkreisen, zu denen sie gehörten, von Hobbys, Aktivitäten in Vereinen und Organisationen, Beziehungen zu Nachbarn und Arbeitskollegen.

Ziemlich still räumen die drei ihre Unterlagen zusammen, stecken die Spiele ein, die sie nach der ersten Absage gar nicht mehr anzubieten gewagt hatten, besprechen noch ihren internen nächsten Sitzungstermin und verabschieden sich dann ebenfalls. Zurück bleiben die Frau mit den hellen Augen, eine im grünem Pullover, eine mit roten Haaren und Karla. Sie verlagern miteinander ihren Platz vom Saal in die vorderen Räumlichkeiten des Restaurants.

Laute Stimmen, Klappern vom Buffett und Zigarettenqualm schlagen ihnen entgegen. «Dieses Lokal», lacht die Frau mit den hellen Augen, «müssen wir gleich mal von der Liste streichen oder den Wirt bitten, solch ungebührliches Paffen zu verbieten.»

Karla ist auch Nichtraucherin, aber die Forderung der älteren Frau im Saal vorhin an eine so zusammengewürfelte Gruppe fand sie ebenfalls ungeschickt.

«Noch was fand ich komisch», sagt die Frau mit dem grünen Pullover, «was bedeutet denn ‹alleinstehend› im Zusammenhang mit ‹gleichgesinnt›?»

«Irgendwie tun mir die drei Frauen leid», sinniert die mit den hellen Augen durch ihren Zigarillodunst, «ich hab' so das Gefühl, die sind bei der politischen Frauengruppe auf was reingefallen. Haben sich zum Werkzeug ehrgeiziger Wahl-

propaganda machen lassen.» – «Vielleicht», mischt sich jetzt auch die mit den roten Haaren ein, «kommt es doch noch ganz gut raus. Eigentlich kann man ja nicht erwarten, dass die wirklich Einsamen und Isolierten, die es sicher gibt und die ganz sicher auch Hilfe brauchen, gleich am ersten Abend neugierig aus ihrem Bau kommen. Wenn sie das täten, wären sie ja nicht so abgekapselt.» – «Ehrlich», seufzt die mit dem grünen Pullover, seufzt tatsächlich, «ich glaube nicht, dass ich Lust habe, meine Freizeit mit denen zu teilen. Lauter schwierige, alleinstehende, komplizierte Leute.» Die mit dem Zigarillo lacht: «Die verheirateten Frauen der politischen Gruppe haben anscheinend ein Bild von uns, das völlig danebengeht. Als wäre der gleiche Lebensstand so eine Art verbindende Religion.» – «Ja», fällt jetzt auch Karla ein, «oberflächlich betrachtet wirkt die Aktion ja ganz sozial. Aber im Grunde genommen ist sie doch stockkonservativ. Dieser Wunsch, jedem und allem einen festen Platz zuzuordnen. Damit isoliert man doch nur noch mehr. Drängt uns in eine Art Alleinstehendengetto.» – «Irgendwie sehr verdächtig», kichert's hinter dem Zigarillo,˙ «da müssen wir aber mächtig auf der Hut sein – wenn das nur keine Falle ist.» – «Brr», sagt Karla «ich komme mir plötzlich schon so überwacht und numeriert vor.» Sie schüttelt sich theatralisch. Die Helläugige stützt einen Ellenbogen auf den Tisch und legt das Kinn in den Handkelch. «Was bist du denn von Beruf?» – «Arztsekretärin im Krankenhaus», sagt Karla, dann spitzt sie die Lippen und legt einen Zeigefinger darauf, schiebt den Oberkörper verschwörerisch vor, «aber manchmal, wenn so ein cleverer Soziologiestudent seinen Blinddarm spendet, sezieren wir ihm noch schnell mal das Gehirn.»
Sie lachen, und die Grüne verschluckt sich und muss husten, und Karla klopft ihr den Rücken. Die andern schweigen erschrocken. Kaum ist der Anfall vorbei, lacht die Grüne schon wieder. Wischt mit der Hand Tränen aus dem Gesicht und packt dann den Pullover vor der Brust, zieht den grasfar-

benen Strickstoff über die Tischkante. «Keine Bange. Ihr seht doch, Unkraut vergeht nicht.»
Da steht, völlig überraschend, der Wirt neben ihnen mit einer Flasche Rotwein und vier Gläsern auf dem Tablett. «Aus Freude an den fröhlichen Frauen. Von einem Spender, der ungenannt bleiben will.»
Am Tisch wird es still. Die Frauen sind erstaunt, blicken einander ratlos an, dann löst eine unbestimmte Geste die Spannung, sie nehmen an, lassen sich einschenken und dem Gönner danken und prosten sich laut zu. «Das gibt die ersten schwarzen Punkte», kichert die Grüne schon wieder, «alleinstehende Frauen in Männerlokal bei Rauch-, Lach- und Alkoholorgie ertappt.» – «Wer weiss», flüstert es durch den Zigarillodunst, «vielleicht ist der Spender sogar ein Spion, der unsere Verführbarkeit testen muss.» – «Wenn wir noch lauter lachen», prustet die Rothaarige, «werden wir zuerst einmal Lokalverbot bekommen.»
Karla fühlt sich wohl.
So warm innendrin und kommt mit einem kleinen Schwips nach Hause. Es ist das erste Mal, dass sie mit Fremden und in der Öffentlichkeit völlig unbeschwert, ausgelassen, ja sogar albern hatte sein können, für zwei Stunden einfach dasein.
Weil die Kinder vergessen haben, die Aussenbeleuchtung anzuknipsen, muss sie in der Finsternis mit einer Hand erst das Schloss suchen und sich dann mit dem Schlüssel herantasten und grinst dabei völlig blödsinnig vor sich hin. Im Haus putzt sie sich nur noch die Zähne, wäscht das Gesicht ganz flüchtig, benutzt nachlässig irgendeine Creme gegen das Hautspannen, plumpst aufs Bett und liegt so richtig müde und wohlig schwer in den Kissen. Wie gerne wäre sie jetzt nicht alleinstehend, denkt sie noch, schläft dann aber sofort ein.

Doch irgendwann, noch im Dunkeln, erwacht Karla wieder mit einem unguten Gefühl. Beklemmung in der Brust. Druck im Magen.

Dabei hat sie endlich, endlich von Jacques geträumt. Aber welch ein Traum.
In ihrem Traum ist Karla auf einen Platz gekommen und hat mit einem glücklichen Erschrecken Jacques in der Mitte, an der Steinumrandung eines grossen runden Brunnens gesehen. Dort steht er, an die Mauer gelehnt, abgemagert, in zerrissenen Kleidern.
Karla tritt auf ihn zu, aber Jacques wehrt ab. Lass mich, ich bin glücklich, jetzt habe ich das, was ich immer wollte: frei sein, von allen Zwängen dieser Welt.
Er steht vor Karla, zum Anfassen nah, und doch ist diese Trennung ebenso endgültig wie der Tod. Sie muss seinen Willen akzeptieren, obwohl ihr ganz schlecht dabei ist und nur noch die Flucht ins Erwachen bleibt.

Jetzt ist wieder alles wund in ihr, aufgescheuert.
Jetzt telefonieren.
Jemand um Hilfe bitten.
Komm, aber bitte schnell. Nimm mich in den Arm. Drücke mich fest. Streichle mich. Sonst nichts. Zeige mir nur, dass dir daran liegt, dass ich mich wohler fühle. Sei mir nur nah.
Etwas Warmes. Atmendes. Zum Festhalten.
Karla ist tröstende Frauenkörper nicht gewöhnt.
Und den Mann, der ihr etwas bedeutet und dem ihr Wohlbefinden wichtig wäre, gibt es nicht mehr.
Einen anderen könnte sie noch nicht ertragen.

Egal, wann es dir schlecht geht, zu welcher Zeit auch immer, haben die Freunde zu Anfang mal gesagt, ruf uns an, habe keine Hemmungen, wir sind für dich da.
Aufstehen und ans Telefon gehen wäre eine Handlung.
Ein Schritt vorwärts.
Die Situation damit bereits verändert.
Der Hilferuf nicht mehr so echt.

Dennoch – fallen. Einfach fallen und versinken.
In mir selbst versinken.

Aber dann auch immer wieder diese eigenartige Kälte. Die wunderbare, fremde Kälte der Trauernden. Die erschauern, aber nicht frieren lässt.
Die beinahe glücklich macht.
Auch irgendwie geborgen.
Wenn jetzt tatsächlich jemand käme, der wäre enttäuscht.
Trotzdem muss Karla plötzlich stark und laut weinen.
Und schläft darüber erschöpft wieder ein.

Noch nichts ist überstanden.
Es ist bereits September und Natalies Geburtstag und gleichzeitig Karlas Hochzeitstag, und die Sonne scheint heute genauso golden und warm wie vor elf und fünfzehn Jahren, der Himmel ist genauso blau, und Claudia und Natalie arbeiten an den Vorbereitungen für das Geburtstagsfest im Garten.
Aber noch nichts ist überstanden!
Im Backofen dehnt und bräunt sich der Apfelstreusel, zischelt der Pflaumenkuchen, die Kannen mit Tee und Sirup stehen bereit, der Tisch unter der Linde ist gedeckt, der Platz vor der Veranda zum Tanzen leergeräumt und gefegt. Karla steht oben am Balkongeländer, um Claudia und Natalie bei den Vorbereitungsarbeiten nicht in den Weg zu kommen. Wie hatten sie früher die Feste miteinander gestaltet, alle Ideen zusammengetragen und daraus dann etwas Besonderes entwickelt. Heute hat Karla vielleicht noch Ideen, aber im Augenblick keinen Mut, sie umzusetzen, die zusätzliche Arbeit auf sich zu nehmen. Nur das Kuchenbacken liegt gerade noch drin.
Wie plötzlich sich immer wieder immer noch alles ändern konnte. Keine zwei Wochen her, war sie so voller Aktivität und Kraft, und jetzt ist sie müde, ausgelaugt, traurig, ängstlich, schwer in Gliedern und Kopf.

Denn noch nichts ist überstanden.
Aber es wird auch diesmal ein buntes, lustiges Fest werden. Gottseidank. Die Kinder sind wohlauf, tragen die Erinnerungen vergangener Feste in sich und haben auch Lust, ihre Vorstellungen und Wünsche zu verwirklichen. An einer Schnur zwischen Balkongeländer und Linde baumeln bunte Lampions, darunter, auf der Rasenfläche, sind Spiele vorbereitet: Eierlaufen, Sackhüpfen, Fischeangeln, Pfeilschiessen. Die Jungen werden ausserdem eine Kartoffel schälen müssen, wobei die längste Schalenspirale siegen wird. Die Mädchen haben dafür so schnell wie möglich eine auseinandergenommene Fahrradklingel wieder zusammenzusetzen.
Neben den Gartenwegplatten vom Eingangstor entlang dem Haus bis um das Mäuerchen herum zur Terrasse sind Fackelkerzen zwischen die Blumen gesteckt, im geöffneten Fenster steht das grosse Kofferradio und schreit eine auf Kassette aufgenommene Hitparade in den Garten. Claudia und Natalie laufen geschäftig hin und her, lachen, fluchen, je nach Erfolg der jeweiligen Arbeit, schleppen Tabletts mit Geschirr, Gläsern und kleinen verpackten Spielpreisen aus dem Haus und haben dabei überall die aufgeregt schwänzelnden Hunde zwischen den Beinen.

Natalies Geburt vor elf Jahren. Frühmorgens, 4.00 Uhr.
Und Jacques dabei an Karlas Seite.
Dein zärtlicher Mund an meinem Ohr. Deine guten, kräftigen Hände mit dem Tuch auf meiner Schweissstirn, meinen Rücken stützend, wenn der Schmerz mich hochriss. Du, mit deinen beruhigenden oder aufmunternden Worten. Deinem mitfühlenden, mitleidenden Lächeln. Aber einem Blick, der wusste, dass ich es auch diesmal schaffen würde.
Dann dieses letzte Pressen, mit fast verzweifelter Kraft. Der Schädel wollte zerspringen. Die Lungen klebten luftleer aneinander. Und die Angst, es diesmal doch nicht zu schaf-

fen. Und das Wissen, es jetzt durchhalten zu müssen, damit das kleine Köpfchen nicht steckenblieb. Und dann, an der äussersten Willensgrenze, die plötzliche Ruhe. Die Erleichterung – es ist geschafft. Jetzt kann Luft geschöpft werden. Für die letzte Arbeit. Und nach der vorherigen Anstrengung dieses nun angenehme Gleiten und Flutschen und dann das kleine, glitschige, schmierige Körperchen, mit Händchen, Füsschen, Fingern, Zehen so winzig und so vollzählig, Mündchen, Näschen und zugekniffenen Augen. Und auch endlich das Schreien. Kräftig und bereits etwas wütend. Plätschern von Wasser und nachher das fertig eingepackte Bündel. Mit kräftig rotem Gesichtchen. Unter den langen Wimpern hin und wieder meerblaue Blitze. Und in der Stirn erstaunlich dichte, schwarzbraune Haare.
Dieses wunderbare Wohlsein. Ermattet und doch wach. Und auf einmal, sanft und zugleich schwer, Jacques mit dem Kopf an Karlas Schulter, von Angst, Hoffnung und Glück einen Augenblick überwältigt.

Noch nichts ist überstanden!

Manchmal, wie jetzt, sind die Bilder ganz nah.
Ich lehne mich zurück im Stuhl, schliesse die Augen und denke, es ist ja Wirklichkeit – gleich geht die Tür auf, und du kommst herein, und nichts ist geschehen, wenn ich es ganz fest wünsche, kann ich die Zwischenzeit ausschalten, alles zu einem bösen Traum machen und jetzt endlich, endlich wieder aufwachen.
Und manchmal ist alles so fern. Sogar dein Gesicht.
Ein Ziehen beginnt im Kopf und zerrt durch den ganzen Körper. Holt mich in der Mitte zusammen.
Wie lebt man nur mit Erinnerungen?
Kaum habe ich die Bilder meiner Kindheit und Jugend verinnerlicht, sind die anderen fünfzehn Jahre Vergangenheit geworden. Und was bleibt wirklich zurück?

Welche Erinnerungen haben sich eingeprägt? Welche sitzen tief, für immer verborgen, können nie mehr ans Licht dringen? Welche kann ich unter der Haut halten? Welche auf ihr? Und was ist mit dem, das zwischen den einprägsamen Erlebnissen lag, Leben überhaupt, unser Alltag, den ich so intensiv, so stark gefühlt habe? Abgespult? Ausgelebt? Verloren?

Karla holt die Fotoalben aus dem Wohnzimmer.
Die Hochzeitsbilder.
Gesichter von Brautleuten auf Fotos sehen immer so fremd, so fremd-glücklich entrückt aus, so sehr von einer andern Welt. Aber die Bilder hier sind auch lebensnah: lachende Gesichter, der im Wind wehende Schleier, strahlende, wache Augen, auf das Hier und Jetzt gerichtet, in Liebe zueinander durch dick und dünn und kein Tod, der einmal scheidet.

Aus der benachbarten grösseren Stadt holte Jacques am Morgen die Friseuse mit dem Auto ab. Sie hatte Karla, ihrer Mutter und Christiane am Vortag die Haare eingelegt und steckte sie nun im Schlafzimmer, vor dem grossen Spiegel, zu festlichen Frisuren auf, setzte in Karlas Lockentuff noch die künstlichen weissen Röschen und befestigte den doppelten Schleier. So lief Karla bis zum Mittag in der Wohnung herum. In Jeans, Bluse und Brautschleier und nähte mit den andern beiden Frauen noch die restlichen Röschen an das nach einem Haute-Couture-Modell selbst geschneiderte Hochzeitskleid.
«Das Hochzeitskleid selbst nähen», hatte eine Tante beim Begrüssungstrunk kopfschüttelnd erklärt, «ist nicht gut. Bringt Schwierigkeiten.»

Gibt es denn überhaupt eine Gemeinschaft ohne Schwierigkeiten?

HERBST

Seit Tagen nun schon wieder der Wunsch, sich fallenzulassen, einfach zusammensacken und nicht mehr sein.
Immer dieses Vor und Zurück. Kommt man denn niemals weiter? Bleibt man eigentlich immer auf demselben Fleck?

Jeden Tag küsse ich mehrmals dein Bild und weiss immer noch nicht, dass du wirklich nicht mehr da bist. Habe immer noch nicht begriffen. Wird es überhaupt jemals begriffen sein, oder werde ich es einfach nur über-lebt haben? Zu denken, mich endgültig von dir trennen zu müssen, ist ein Schmerz, der fast keinen Platz mehr hat.

Ich habe Angst davor, die Schleusen meiner Trauer erneut zu öffnen. Zu jeder Tageszeit, an jedem beliebigen Ort könnte es mich jetzt wieder in diesen Strudel reissen. Wenn ich den Verstand nicht benutzen würde, meine Energie zusammennehmen, meine Erfahrungen, was würde dann sein? In welche Tiefen würde ich sinken?

Den Kopf an deine Brust legen.
Deine Schultern umfassen. Festhalten.

Mich von deinem Körper einhöhlen lassen.
Dort geborgen sein.

Nie nie nie nie nie mehr

Der Mais steht noch. Pappfarben und zerfranst. Die übrigen Felder sind gemäht. Dazwischen nur das Grün von Futterwiesen und die dünnen, kurzen Halme der frühen Wintersaat.

Karla hat sich mit Elsbeth zum Tennisspielen verabredet. Vielleicht kippt das sonnige Herbstwetter bald um, und der Platz wird für dieses Jahr geschlossen. Sie klemmt den Tennisschläger unter den Gepäckträger des Fahrrades und nimmt den Feldweg zur Hauptstrasse.

Manchmal hatten wir, Jacques, Oberkörper und Schultern weit über den Lenker gezogen, hier ein Wettrennen veranstaltet. Du und ich. In den tiefen Rillen der Reifenspuren landwirtschaftlicher Maschinen. Waren mit unseren Rädern durch die Schlaglöcher gerast, dass das Wasser der Pfützen aufspritzte und wir die Beine weit spreizen mussten und auf unsern Sätteln hin- und herflogen wie auf bockigen Pferden.

Auf der Hauptstrasse herrscht starker Verkehr, und wenn die Lastwagen mit ihren Anhängern vorbeibrausen, muss Karla im Luftzug ihren Lenker mit beiden Händen festhalten. Aber passieren kann ihr nichts.

Denn du bist bei mir. Dein breiter, vertrauter Rücken rollt beim Treten die Schultern im regelmässigen Rhythmus vor und zurück, und der lange Tenniskoffer, dieses Prachtstück, den du eines Tages fröhlich über den niedrigen Aktionspreis und ein bisschen verlegen über die protzige, wenn auch praktische Länge, nach Hause gebracht hattest, ragt so weit über den Gepäckträger deines Rades auf die Strasse, dass die Autos einen weiten Bogen um uns machen müssen.

Karla steigt vom Fahrrad, öffnet die Tür zum Sportplatz,

klemmt ihr Rad in den Ständer – da bricht das Märchen, das im letzten Jahr noch selbstverständliche Wirklichkeit gewesen ist, in ihr zusammen. Jacques ist nicht bei ihr. Nicht heute, und nicht morgen und nie mehr. Wann wird sie das endlich begreifen?

Elsbeth wartet schon.
Bei der Begrüssung wirkt sie bedrückt. Ihre Stimme klingt schwer, die Augen sind viel dunkler als sonst. «Ich muss an letztes Jahr denken», sagt Karla, wie beide neben dem hohen Maschenzaun zum hinteren Spielfeld gehen. Elsbeth schiebt ihre Schulter gegen Karlas. «Hast Du von Rosi gehört? Ist das alles nicht Wahnsinn? Was ist bloss los auf der Welt?»
Karla kennt Rosi nur flüchtig. Anfang Dreissig. Zwei Kinder, das dritte wahrscheinlich noch unterwegs. Im letzten Sommer hatte sie regelmässig Tennisunterricht auf dem ersten Platz genommen und mit ihrem braungebrannten schlanken Körper und der wuscheligen Dauerwellenfrisur neben der massigen Gestalt des Lehrers sehr mädchenhaft gewirkt. Vor Jahren einmal hatten Jacques und Karla mit Rosi und ihrem Mann bei einem Dorffest zusammen an einem Tisch gesessen. Sonst weiss Karla nichts von ihr. War ihr nur zufällig vor ein paar Wochen im Kaufhaus begegnet. Beide hatten ein paar belanglose, freundliche Worte gewechselt.
Rosi, erzählt Elsbeth, litt an Husten und Atembeschwerden. Die Ärzte vermuteten ein Geschwür irgendwo im Brustkorb; Lunge, Speiseröhre oder weiter oben, Schilddrüse. Konnten aber des Kindes wegen nicht operieren. Und Rosi wollte keine andere Lösung. Keinen Mord im sechsten Monat. Jetzt, nach dem Kaiserschnitt, mit dem schwachen, aber gesunden Baby im Brutkasten, hat sich ihr Zustand innert kurzer Zeit stark verschlechtert. Käme jeder Eingriff viel zu spät. Sie kann nur noch sitzend schlafen. Sich vor Schmerzen kaum noch aufrecht halten. Die Situation wird von Tag zu Tag ernster und trauriger.

Und Karla und Elsbeth hier, in der Sonne, auf dem Tennisplatz. Die Bälle fallen unkontrolliert und schwer über das Netz. Der Himmel ist strahlend blau, die Sonne blendet. Sie geben auf. Ziehen die Besen über das Spielfeld. Warmer Wind streicht die Haut an den nackten Armen und Beinen, streift unter den Haaren den Nacken, trocknet den gewendeten Sand sofort zum staubigen Rot südländischer Landschaften. Ein wunderschöner, gold-rot-blauer zärtlicher Herbsttag.

Wie schafft es eine junge Frau, Mutter von drei Kindern, bisher engagiert und sportlich, jetzt dem nahen Lebensabschied so unentrinnbar ausgeliefert, noch zu sein? Wie verkraftet sie nicht betäubbare, immerwährende Schmerzen? Wie Blicke und Berührungen und Trauer der Familie, die zurückbleiben wird? Wieviele Fragen stehen noch offen, wieviele Wünsche und Sehnsüchte?

Alles ist dumpf und schwer in Karla. Vielleicht gibt es für ihre Trauer keine Steigerung mehr. Hat jeder Mensch seine eigene Leidensgrenze?
Sie sitzen beide auf der Bank vor dem Clubhaus. Den Rücken an der warmen Holzwand. Letztes Jahr hier in der Sonne, zu dieser Zeit, hatten sie vielleicht ihren Männern beim Spiel zugeschaut, vielleicht auch fröhlich gelacht, rumgespottet oder sich höchstens mit kleinen Alltagssorgen geplagt, überhaupt nicht geahnt, dass wenige Monate später für sie selbst so vieles anders sein würde.
Auch im Nachbardorf ist ein paar Tage zuvor ein junger Mann gestorben, ebenfalls zwei Kinder und Frau zurücklassend.
«Da warten Einsame, Verzweifelte, von Schmerzen ausgebrannte Greise oft jahrelang auf den Tod als Erlösung», sagt Elsbeth mit schwerer Stimme, «und ringsum sterben junge, aktive, gute Menschen, die gebraucht werden. Mütter. Väter.

Kinder. Die tiefe Wunden hinterlassen. Wo liegt denn da ein Sinn?»

«Bis jetzt», hatte einer der besten Freunde am ersten Trauerabend gesagt, «haben mich Todesfälle zwar berührt, auch traurig machen können, mich aber niemals direkt als persönliche Bedrohung betroffen. Jetzt, wo Jacques nicht mehr ist, weiss ich, dass es jeden von uns jeden Tag treffen kann.»

Der Arzt hat Karla ein Beruhigungsmittel verschrieben.
Karla hat die Schachtel ausgepackt und die Anleitung gelesen und sitzt jetzt auf der Treppe und weint. So lange hat sie durchgehalten, keine einzige Tablette, nicht zum Aufputschen, nicht zum Beruhigen, und nun ein psychopharmazeutisches Präparat.
Jacques!
Deine lebensbejahende, fröhliche, seelisch starke Frau so klein und traurig und verletzt. Ich will für alle Zeiten hier nur noch auf der Treppe sitzen, Gesicht und Schultern in den Stoff deiner Jacke vergraben und weinen und nie mehr aufstehen.
Zerfliessen oder versteinern für immer.

Der Internist des Krankenhauses hatte Karla untersucht, kein organisches Leiden entdeckt, alle Schmerzen auf ihre überreizten Nerven, die belastete Psyche zurückgeführt, ihr das Sechswochenmedikament verschrieben und im Gespräch den Rat gegeben, sich Ruhe zu nehmen und Zeit für die Trauer zu lassen.
Aber Zeit. Was ist Zeit?
Haben wir Menschen, das zu ergründen, uns nicht verirrt? Vielleicht aus der Angst heraus, uns in Ur-Zeit zu verlieren, haben wir sie messbar gemacht, für unsern begrenzten Menschenverstand. Aber nur für den. Denn bereits unser Gefühl misst Zeit ganz anders und immer wieder neu.

Neun Monate sind vergangen. Zeit – aus einem Samen neues menschliches Leben heranreifen zu lassen und auf die Welt zu stossen. Normale Trauerarbeit, sagte der Arzt, dauert mindestens ein Jahr, um dann je nach Lebenssituation und Persönlichkeit des Trauernden mehr oder weniger schnell abzuflachen. Das waren seine Erfahrungen als Arzt und Berater von Patienten, die ihm befangen am Schreibtisch vis-à-vis sassen. Niemals, das wusste Karla, war es ihm möglich gewesen, tatsächlich das Innerste dieser Ratsuchenden aufzuschliessen, sie dahin zu bringen, die wirkliche Tiefe ihrer Bedrängnis vorzuzeigen, die echten Nöte zu benennen. Weil Gedanken, Inneres, Gefühle mit dem gesprochenen Wort nach aussen gekehrt sich immer verändern. Nie mehr der tatsächlichen Wahrheit entsprechen.
Und Ruhe.
Leicht, so väterlich verordnet.
Wie nimmt sich ein Mensch Ruhe mit aufreibendem Beruf, zwei Kindern, Haus, Garten, Tieren und all den dazugehörigen Arbeiten?
Und all den Erinnerungen innen drin und all den verschiedenen Sehnsüchten?

Karlas Träume.
Es war auf irgendeiner Terrasse in einem Villengarten über einem Meer. Ich verstehe Ihre Sorge, sagt der eine Mann, aber in diesem Haus verschwindet niemand. In so einem Haus passiert nichts. Wie denn auch. Und er scheint ja recht zu haben. Ein so schönes, grosses, weisses Haus in einem blühenden Garten konnte nichts Böses beherbergen. Wir hatten ein ganz normales Fest, sagt der andere Mann, mit vielen netten Leuten. An einen solchen Ort kommen nur seriöse Personen. Karla hätte sich bestimmt geirrt. Auch niemand sonst hätte etwas gehört. Wahrscheinlich hätte Karla geträumt oder zuviel getrunken oder geraucht. Ich rauche

nicht, wehrt sich Karla, aber der Mann beschwichtigt lachend. Dann hat sie sich eben geirrt, oder ein Vogel hat geschrien. Jemand hat um Hilfe geschrien, beharrt Karla, aber die Männer lachen nur, und dann steht die Frau vom Tisch auf, kommt herüber. Um Hilfe schreit mancher, sagt sie, aus verschiedenen Gründen. Es gibt Leute, die aus Freude, aus Lust sozusagen um Hilfe schreien. Und sie gibt Karla einen Schlag in den Rücken. Was will die überhaupt hier. Kommt hierher, geniesst unsere Gastfreundschaft, isst, trinkt, schläft hier und macht solch ein Theater. Der Mann schenkt eine Tasse Kaffee ein und schüttet Zucker aus einem Glas hinein. Der rieselt wie lockerer Schnee. Trink das, das hilft. Das hilft jedem. Karla will keinen süssen Kaffee, ekelt sich vor süssem Kaffee, aber so sehr sie sich auch wehrt, sie halten sie fest, drücken ihr die Nase zu, und wie sie den Mund aufreisst, um Luft zu kriegen und zu schreien, schütten sie das widerliche Zeug einfach hinein. Karla legt sich auf ein Bett. Die weisse Zimmerdecke senkt sich immer tiefer, und Karla fürchtet, erdrückt zu werden, aber da reisst der Putz auseinander, und der Spalt wird Mund in einem weiss geschminkten unkenntlichen Maskengesicht, der sich weit öffnet – innen blutrot – und schreit. Karla hält sich die Ohren zu, denn der Mann am Bett lacht und sagt, hier schreit niemand um Hilfe, in einem solchen Haus passiert nichts. Da kommt die Frau – irgendein bekanntes, aber im Augenblick nicht erinnerbares Gesicht – nackt auf einem Fahrrad über die Wände geradelt. Es ist so angenehmt, sagt sie, merkst du das nicht, das Reiben an den Schenkeln und das Streicheln am Bauch. Und sie fährt dem Maskengesicht in den Mund. Kommt her, isst und schläft hier, sagt der eine Mann, und macht dann Scherereien. Und der andere lacht und sagt, jetzt nur noch entspannen, einfach nur noch entspannen, und setzt die grosse Spritze an Karlas Arm. Karla hat Angst vor dem Blut, aber da kriecht nur eine rote Ameise aus der Stichstelle und dann noch eine und immer mehr, und sie fallen über den

Mann her. Der wälzt sich schon auf dem Boden und schreit. Karla fragt, wer hier denn um Hilfe schreie, und er sagt: Niemand, niemand schreit hier, nur aus Lust, aus lauter Lust. Und dann zieht sich das Zimmer trichterförmig in die Höhe und saugt ihn ins Rohr, und der andere Mann ist auch nicht mehr da. Der im Trichter wird immer kleiner, und das Rufen geht Karla nichts mehr an, sie will jetzt nach Hause, aber der rote Teppich nimmt kein Ende, nur die Frau steht ganz weit vorne, im Sonnenlicht in der offenen Tür und hebt die Arme in die Luft. Orgeltöne grollen, und ein Affenarm drückt Karla den Schädel zwischen die Schultern, und jemand schreit: Sag ja, sag ja, aber Karla stöhnt und schreit, dass sie sich scheiden lassen muss. Es schnürt ihr fast die Kehle zu; sie weiss auch gar nicht, warum das sein muss, und fühlt sich schrecklich elend, aber es ist so, obwohl sie gar nicht will; sie kennt keinen Grund und weiss doch, dass es so sein muss, und schreit und schluchzt, und Musik spielt in einem Garten, und das weisse Maskengesicht ist auch da und hat einen dünnen Körper und tanzt mit ihr. Beim Eindunkeln zünden sie Lampions an, und der dünne Körper nimmt seinen Kopf ab und hängt ihn neben einen Papiermond. Das ist alles Maskerade, sagt der rote Mund, ich bin hier einer Sache auf der Spur. Ich muss hier etwas klären, dann gehe ich wieder. Aber ich will das nicht, schluchzt Karla und sitzt auf der Wiese, ich will nicht allein sein. Ich will nicht allein sein. Was hab' ich denn getan! Niemand ist mehr da. Und es ist auch schon wieder hell, sie hat einen trockenen Mund, will rufen, bekommt aber kein Wort mehr über die spröden Lippen, und die Sonne brennt ihr mitten ins Gesicht. Sie kriegt fast die Augen nicht auf, aber irgendwann gelingt es dann doch, und als sie sich an die Helligkeit gewöhnt hat, liegt Karla auf dem Sofa, im Wohnzimmer, ist direkt unter dem wärmenden, aber weissgrellen Leselampenlicht eingeschlafen.

Karlas Tablettentraum.
Welche Schwere der hinterlässt. Eine Art Ekel. Dass Karla aus der Haut steigen und ihre Seele ausschütteln möchte.

Wenn sie doch nur wieder malen könnte. Wieder Zeit dazu hätte. Vielleicht würden die Bilder nur so aus ihr herausfliessen, vielleicht würde sich das Angestaute auch nur holprig in bis jetzt fremden Farben und Formen lösen. Wie auch immer, es würde helfen, Ängste und Eindrücke abzubauen, bevor sie sich als Horrorfilme in ihre Träume schleichen.
Sich aufraffen, die Wäscheberge vom Arbeitstisch wegschaffen. Den Staub von den Gefässen blasen. Die alten ausgetrockneten Tuben und Fläschchen aussortieren: Wachskännchen, Zerstäuber, Spachtel, Pinsel kontrollieren. Das verschlissene Material in den Abfall werfen und dann eine Liste aufstellen: Farben, Wachs, Kleister, Stoff, Gips, Verdünner, Zeichenblock, Kohle, ein paar bereits fertig gespannte Leinwände. Und die Fenster öffnen und den Stuhl heranziehen, mit Griegs Klavierkonzert noch einmal den Sommer zurückholen, die Spachtelmasse anrühren und darin kneten und manschen mit dem unbeschwerten breiten Glück von Kindern am Strand. Aber dafür ist Karla jetzt viel zu kaputt.
Ist die Zeit viel zu knapp. Reicht noch kaum für solche Gedanken. Dabei könnten ihr die Bilder mehr helfen als Tabletten, das weiss Karla, und es macht sie zusätzlich zerrissen und gespannt. Oft dieser fast unbezwingbare Wunsch in ihr, dieses Drängen, Kribbeln in den Händen, Ziehen in der Brust, tu's doch, raff dich auf, mach's doch endlich, und dann das Zurückstossen. Der Tagesablauf lässt jetzt keine Möglichkeiten offen für solche zeitfordernden Experimente. Es würde doch nichts bringen, wenn sie immer auf dem Sprung für etwas anderes sein müsste, immer mit der Angst im Hinterkopf, jederzeit alles für irgendeine alltägliche Notwendigkeit abbrechen und liegenlassen zu müssen. Das würde sie nur noch unglücklicher und gehetzter machen.

«Du bist schon gestern nervös gewesen», sagte Claudia neulich, «und heute geht es dir auch nicht gut.» Und es klang, als würde das Kind kein Ende absehen.

Das ist ja das Schlimme.
Alle Unternehmungen, von denen Karla sich Hilfe verspricht, liegen zeitlich jetzt nicht drin.
Mehr Zeit für die Kinder, mit ihnen ins Hallenbad gehen, im Freizeitverein in den Herbstferien beim Basteln helfen, Besuche machen, öfter Freunde einladen, mit den Hunden spazieren, wieder regelmässig lesen, Bilder machen, tagträumen…
Statt sich so Freude, Erfolgserlebnisse, Anregungen zu schaffen, schleppt sie von Woche zu Woche mühsamer die Last ihrer Pflichten. Sich aufraffen, ausbrechen kostet so viel Durchsetzungswille – allein. Zusammen mit Jacques waren müde Phasen leichter zu überwinden gewesen. Einer hatte den anderen angeregt, ihn mitgezogen. Aber es waren auch viel mehr Anregungen von andern gekommen, Vorschläge und Einladungen von Freunden und Bekannten. Zu zweit hatten Jacques und Karla nicht nur mehr Temperament ausgestrahlt, sondern auch grössere Anziehungskraft.
Karlas Dynamik ist jetzt völlig verschlissen.
Keine Ahnung mehr von dem, wie sie jemals hatte Ferien planen und durchführen können, für Freunde kochen, Briefeschreiben, den Flur streichen. Woher hatte sie sich nur die Zeit für all das gestohlen?
Karla fühlt sich jetzt nicht weiter als im Mai und hat doch schon doppelt so viele Monate hinter sich.
Nicht mal mehr der Konstantin Wecker kann helfen.
Und mit ihren Eltern will Karla nicht darüber sprechen, möchte keinen erneuten Zusammenbruch vor ihnen. Sie haben genug mit sich selbst, ihrem Alter und der angegriffenen Gesundheit zu tun. Karla will sie da nicht zusätzlich ängstigen und in Sorge bringen. Und mit Freunden kann Karla nicht darüber reden.

Zu allem Übermass wächst nun zu dieser inneren Schwere auch noch die äussere. Denn auf seiner verzweifelten Suche nach Kraft und kleiner Freude hat ihr Selbsterhaltungstrieb eine an Sucht grenzende Fressgier entwickelt. Wären nicht die fünf Stunden im Krankenhaus jeden Morgen, in denen es nur eine Kaffeepause gibt, würde Karla bald aus allen Nähten platzen. Sie muss jetzt schon die weiten Kleider zusammensuchen, um sich nicht um Taille, Brust und Arme eingeengt zu fühlen und mit dem Spannen ununterbrochen an diese lästige Veränderung erinnert zu werden. Ihr schön muskulöses Fleisch wurde immer weicher, die Haut grossporig, im Gesicht bildete sich das aus, was Karla die Dreifaltigkeit von Trauer und Stress nennt: Schrägfalten an den Mundecken, den Nasenflügeln und inneren Augenwinkeln.
Am Spiegel schleicht sie mit hängendem Kopf vorbei, wird mit der Kleidung immer nachlässiger, geht freiwillig fast nicht mehr aus dem Haus und erstickt die Frustration darüber mit Käse und Wurst und Brötchen und Haferflocken mit Zucker und Kondensmilch und Eiscreme und Kuchen und Rollmöpsen und Rosinen, allem, was ihr gerade so einfällt oder in die Finger kommt. Kurze Genüsse. Danach jeweils, im ersten Wohlgefühl, der feste Vorsatz: Das war das letzte Mal, jetzt, spätestens ab morgen früh, höre ich auf, stelle ich meine Essgewohnheiten um, lasse ich mich von dem Alltagskram nicht mehr so unterkriegen, breche ich aus diesem Teufelskreis aus, der mich ja immer mehr isoliert, einsam und unglücklich macht. Und jedesmal, kurze Zeit darauf, auch wieder dieser traurige Zusammenbruch, das Wissen, mit jeder beendeten Mahlzeit sich ein Stück weiter vom Erinnerungsbild der früheren Wirklichkeit weggeschwemmt zu haben, und die Angst, fortzutreiben, immer unaufhaltsamer in das Schreckensbild einer die Stuhlsitzfläche überlappenden kurzatmigen Fettleibigkeit. Und neuerdings auch diese Wut in ihr. Plötzlich so wild. Keine ihrer Freundinnen und Bekannten hatte ein ähnliches Schicksal, nur annähernd so

wichtige Entscheidungen zu treffen oder einen solchen Arbeits- und Pflichtenberg zu bewältigen. Da war es leicht, schlank und hübsch zu bleiben.
Wuttränen kommen ihr. Über ihr Schicksal und den ungeheuren Kräfteverschleiss, den es zu dessen Bewältigung braucht, und die damit einhergehende Verarmung ihrer äusseren Persönlichkeit, die doch auch ein Teil von ihr ist, die sie doch liebt. Warum musste zu allem andern ihr auch noch das genommen werden? Und aus lauter Selbstmitleid und Hilflosigkeit erneut der Griff in Kühlschrank und Brotkasten.

Jetzt auch, den Schmerz schier ins Unerträgliche steigernd, noch diese andere Wut. Du, Jacques. Du hast das nicht gewollt. Ganz bestimmt nicht. Aber du hast es mir trotzdem angetan. Hast dich auf- und davongemacht. Mich allein gelassen mit diesen so schwer zu bewältigenden Mühen und Sorgen. Mit dem ganzen Trauer-Schmerz. Mit unsern Kindern, Haus und Garten und dem Zwang, Geld zu verdienen, mit all den Alltagsentscheidungen und Anforderungen, die ja richtig und in Ordnung sind und gut, aber für ein Familienleben mit vier Mitgliedern bestimmt waren, vom Aufwand und Umfang her. Nun hast du dich einfach davongestohlen. Deine Kinder und mich allein lassend, mit all diesen Sorgen und Nöten.

Und dann das grosse Erschrecken über solche Gedanken. Dieser zerstörerische Schmerz. Auf der Treppe sitzen, mit dem Kopf in Jacques Jacke, nicht einmal das kann trösten. Welch ein ungeheurer Verrat an ihrer Liebe. Wie sie sich schämen muss. Dankbar will sie doch sein, ist sie doch im Grunde genommen auch, für all das schöne Vorher. Und für die Kinder, ihrer beider Kinder, denn was wäre ohne sie, und dankbar auch für Haus und Garten, diese Nester der Erinnerungen und Geborgenheit.
Um nicht vor Angst zu ersticken, bleibt nur die Keksdose.

Nein. So kann man nicht gesunden.
So kann man auch nicht leben.
Mit solchem Selbsthass. Mit solcher Verwundung. Mit solch zerstörtem Lebensgefühl.
Auf jeden Fall kann Karla nicht so weiterleben. Mit ihrer Sehnsucht nach Harmonie, Schönheit, Freiheit, Heiterkeit.
Wo ist ihre Kraft denn geblieben? Diese unversiegbar scheinende Quelle der Lebensbejahung in ihr. Ist sie denn ein Versager? Andere schaffen es doch auch. Haben sie Gleiches durchgemacht? Kennen sie ebenfalls diesen Kampf? Den Ekel? Wo ist denn Karlas von allen so bewunderte Stärke der ersten Trauerzeit?

Karla muss einen Ausweg finden. Sonst gibt es eine zweite Katastrophe.
Karla will einen Ausweg finden. Karla will keine zweite Katastrophe.

Sie liebt ihre Kinder. Sie will ihren Kindern eine glückliche Kindheit bescheren. Trotz allem. Sie liebt ja auch ihr eigenes Leben zwischendurch immer wieder. Trotz allem.
Karla will leben. Also muss sie einen Ausweg finden.
Und Tabletten können da höchstens eine Überbrückung sein, aber nicht mehr.

Ein anderer Weg wäre: Karla ist stark. Karla ist kein Versager. Karla wird auch wieder ihre Logik gebrauchen.
Karla kann ihre Fresssucht bewältigen. Karla ist nur überarbeitet. Von Trauer und Anstrengung und der unterdrückten Grippe zerrieben. Karlas Quelle an Lebensbejahung ist nicht versiegt. Karla ist durch die Umstände nur sehr geschwächt. Karla wird ihren Verstand benutzen, eine gute Lösung zu finden. Karla ist eine Draufgängerin. Karla hat zuviele Kräfte zur Alltagsbewältigung eingesetzt. Karla hat ihre Erinnerun-

gen an die Zeit mit Jacques umgesetzt und von sich selbst zuviel gefordert. Karla ist mit sich selbst zu ungeduldig umgegangen. Nur das sind Karlas Fehler. Und die hat sie jetzt erkannt. Und nun wird sie zur Ruhe kommen. Ihre Situation neu überdenken. Konsequenzen ziehen.

Karla weint auf dem Sofa das Kissen nass und weiss nicht, woher auf einmal diese Stille kommt, diese plötzliche und dabei so einfache Klarheit. Weiss nicht, warum ihr das alles nicht schon viel früher eingefallen ist, vor diesem ganzen Gefühlschaos. Weiss auch nicht, wieso es gerade jetzt in ihr ist, so sicher und eindeutig plötzlich.
Sie putzt sich die Nase und setzt sich auf. Jetzt wird sie es schaffen. Und weiss plötzlich, mit einem Schlag, auch wie. Karla legt Zettel an: Ich will mich nicht unterkriegen lassen. Ich habe keinen Hunger. Ich bin stark genug, nein zu sagen. Ich muss mir wieder selbst wichtig werden. Ich freue mich an Claudia und Natalie und will ihnen das auch öfter zeigen. Ich muss mir mehr Zeit für kleine Freuden und weniger zum Essen nehmen. Ich liebe meine Kinder und will ihnen das sagen. Ich liebe Haus und Garten. Ich will wieder in die Wildlederhose passen. Lauf mal wieder, du sehnst dich ja nach frischer Luft. Ich will wieder glücklich sein. Ich schaffe alles, was ich will. Ich muss mit meinen Kräften haushalten. Ich liebe dich. Jacques ist bei mir. Ich habe Kraft. Ich will geduldig sein. Ich will mich wieder selber lieben. Wenn ich daran arbeite, werde ich wieder schön.

Alle Zettel verteilt sie im Haus: in der Küche, in den Schränken, auf dem Tisch, unter der Blumenvase, auf dem Kaminsims, am Spüldeckel vom Klo, auf dem Plattenspieler, unter dem Lampenfuss auf dem Nachttisch, am Badezimmerspiegel, in der Handtasche. Nachdem alle untergeschoben, angeklemmt oder festgeklebt sind, macht sie noch einmal einen Rundgang, besichtigt ihr Werk und ist eben dabei, aus

Genugtuung über diese Arbeitsleistung sich ein Butterbrot zu schmieren, da merkt ihr Kopf, was die Finger tun, und sie reisst das Küchenfenster auf, ruft die beiden Hunde, zerrt das Brot in zwei Stücke und wirft es in die aufgesperrten Mäuler. Fertig jetzt. Schluss endlich mit dieser Fressgewohnheit. Die ist kein Selbsterhaltungstrieb, sondern Selbstzerstörung.
Dann macht sie sich einen Kaffee, mit etwas Süssstoff, sehr heiss, damit sie ihn nur in kleinen, sättigenden Schlückchen trinken kann, und zieht wieder den Schreibblock zu sich heran, setzt ein Pflichtenheft auf: jeden Abend ein warmes Meeralgenbad, denn das zehrt. Einmal pro Woche Massage. Immer wenn das Wetter hält, einen regelmässigen Dauerlauf am gegenüberliegenden Hang. Wenn es regnet oder zu kalt ist, pro Tag eine halbe Stunde Gymnastik. Alles auf der Einkaufsliste weglassen, was nicht direkt zu den Mahlzeiten gehört. Und in etwa zehn Tagen Belohnung mit einem Kinobesuch.

Es hat Zeiten gegeben in den letzten Monaten, da glaubte Karla verzweifeln zu müssen. Nichts ging mehr. Es war, als würde der Trauerschmerz, der grosse, noch wie ein Magnet alle anderen kleinen Leiden und Nöte anziehen und in der Masse zu einer untragbaren Bürde machen. In solchen Stimmungen gelang es Karla auch nicht mehr, schöne Dinge zu sehen. Das Traurige war so erdrückend und allgegenwärtig, dass die kleinen freundlichen Lichtblicke schon von der schlechten Stimmung erstickt wurden, bevor sie sich bemerkbar machen konnten. Aber manchmal, selten zwar, gab es auch eine solche Anhäufung von glücklichen Zufällen und Stimmungen, dass Karla sie erkennen musste und aufatmen konnte. Dann fühlte sie sich befreit, ein Stück weitergekommen auf dem unbekannten Weg. Spürte neuen Mut, aber trotzdem ein, wenn nun auch mehr verborgenes, schlechtes Gewissen. Soweit war sie bereits, dass sie nicht mehr richtig glücklich sein konnte, weil im Hinterkopf immer irgendeine

Angst warnte. Es könnte ja in nächster Nähe ein weiteres Unglück lauern.
Durch Jacques' Tod – weil ein junger, kräftiger und sportlich trainierter Mensch einfach umfallen konnte und tot sein, ein schöner starker Baum, vom Blitz getroffen – hat Karla ihr tiefes Vertrauen ins Leben und ihr Zutrauen in das urhaft Gute verloren. Sie. Die Optimistin. Lebensbejahende.

Aber jetzt auch, mit der selbstauferlegten Diät, fühlt sie sich von jedem errungenen Tag zum nächsten besser. Das Gewicht schmilzt zwar nicht wie Schnee an der Sonne, aber so schnell war es ja auch nicht zusammengekommen. Karla macht einen Vergleich mit dem Autofahren. Mit der Geschwindikgkeit, in der er einen Berg erklimmt, kommt der Wagen auch am sichersten wieder herunter. Eine neue Geduldsprobe also, aber sie zeigt Erfolge. Auf der Waage. In den Kleidern. An der Haut. Im Allgemeinbefinden. Karla kann auch wieder in den Spiegel schauen, einen Moment stehenbleiben und sich zulächeln. Wie gut das tut, wie unabhängig das von den Stimmungen der Aussenwelt macht, wenn man sich selbst mag und anlachen kann.
Der Friseur hat ihre grauen Nester unter dem Deckhaar wieder der Naturfarbe angeglichen. Karla steht zu ihrem Alter, den Jahren, nur zu den grauen Haaren noch nicht. Gesicht und Körper sehen immer noch müde aus. Zu dieser Schlaffheit hinzu will sie nicht auch noch grau sein.
Dann der Gang zur Kosmetikerin. Karla versucht, Gesicht und Hals locker den geschulten Händen zu überlassen, und spürt, wie die kreisenden Massagebewegungen auch die hartnäckigen Muskelverspannungen lösen, sich die Haut unter der Crememaske erfrischt. Und sie beschliesst, sich das öfter mal zu gönnen, um sich auf diese Weise selbst ein bisschen zu verwöhnen.

In diese gute Zeit bringt der Postbote die völlig unerwartete Einladung des Verlags. Vor Jahren hatte Karla für ein Buch die Umschlagseite entworfen, und jetzt gibt der Verlag anlässlich der Messe in Frankfurt ein kleines Fest für alle Angestellten, freien Mitarbeiter und Freunde und hat sich dabei auch an Karla erinnert.

Karla ist überrascht und vor Freude auch ein wenig aufgeregt. Beim Mittagessen zeigt sie den Brief ihren Kindern. Die sind begeistert. «Du fährst doch hin?» fragt Natalie. «Na klar», entscheidet Claudia, «so'ne Einladung schlägt man doch nicht aus.» Karla legt die Gabel mit den aufgewickelten Spaghetti zurück auf den Teller. «Das geht nicht. Das ist viel zu weit. Ausserdem kenne ich da niemanden.» Aber das ist ein schlechtes Argument. Darauf fallen die Kinder nicht rein. «Du bist doch nicht auf den Mund gefallen.» – «Und auf den Kopf auch nicht.» – «Du sagst doch immer, du lernst gerne fremde Menschen kennen.» Karlas Einwand: «Und was ist mit euch zwei? Die Grosseltern sind jetzt noch nicht so belastbar.» Aber die Kinder haben ein gutes Gedächtnis und helfen Karlas Erinnerungen nach. Vor eineinhalb Jahren hatten Jacques und Karla ein verlängertes Skiwochenende gemacht und bereits damals die Kinder allein zu Haus gelassen, und alles war gut gegangen.

«Ich weiss gar nicht, ob ich freimachen kann», versucht es Karla noch einmal, aber das klingt schon nicht mehr richtig überzeugt. Die Kinder sind aufgeregt. «Also abgemacht», sagt Claudia, als wäre das ein wahnsinnig wichtiger Entscheid und müsste jetzt besiegelt werden, «und wehe, du kneifst.»

Karla lacht, aber in Gedanken wühlt sie bereits im Kleiderschrank. Hat sie überhaupt was zum Anziehen? Für die Reise? Und was trägt man an solchem Fest? Ob das überhaupt richtig war? Sie jetzt, nach relativ kurzer Zeit, ganz allein an diesem fremden Ort?

Aber innen drin fühlt sie Wärme und Erregung vor Freude und unklarer Erwartung. Am nächsten Morgen lässt sie im

Personalbüro der Krankenhausverwaltung zwei Urlaubstage eintragen, ruft noch während der Arbeit im Verlag an und bestätigt die Teilnahme.

Das erste Mal wieder eine solche Reise ganz allein.
Mehrere Stunden mit dem Zug, dreimal umsteigen und die Ungewissheit, ob in Frankfurt überhaupt noch ein Bett zu bekommen ist und der Abend keine Ernüchterung und Rückkehr der Trauer bringen wird.
Im Zug scheinen ausschliesslich Buchmenschen zu sitzen. Auf dem Weg zur Toilette drängen neben Rauchschwaden und Männerparfüms nur Satzfetzen über Verleger, Lektoren, Autoren, ein paar bekannte Namen der Branche, Titelhits, Verrisse, Kritikerarschlöcher und Bestsellerverdächtigungen durch die offenen Abteiltüren. Auch bei Karla sitzen drei Anzugmänner mit Krawatte, Aktentaschen auf den Knien als Unterlage für Listen in Klarsichthüllen und Kataloge. Einmal betritt ein vierter das Abteil. Ein Herr Doktor, wie aus den Begrüssungen zu entnehmen ist, wird nach dem Wohlbefinden befragt und demjenigen der Frau Gemahlin, wobei einer der Platzinhaber nicht nur aufsteht, die Hosenbeine über den Knien geradeschüttelt und sich beim Gruss leicht vorbeugt, sondern auch noch stehenbleibt, so mit leicht nach vorn verrenktem Oberkörper zum Gewichtsausgleich, und dem Herrn Doktor dabei so aufmerksam wie möglich zuhört, bis es dem peinlich wird und er wie ein Gastgeber seinem Gegenüber die Sitzbank anbietet.
Karla, in der Fensterecke, steckt die Nase tiefer in ihr Buch, wölbt die Stirn weit vor, um das aufsteigende Grinsen zu verstecken. Wenn sie jetzt nur nicht laut herausprusten muss! Und während sie nur flüchtig liest und viel mehr dem oberflächlichen Austausch von Höflichkeiten und Fragen neugierig zuhört, ist sie nicht mehr ganz so sicher, sich auch wirklich die richtige Reise ausgesucht zu haben.

Frankfurt.
Ob noch vertrauter Boden unter die Füsse zu bekommen ist? An Aschermittwoch war Karla damals hier angereist. Der Bahnhofplatz hatte auf sie einen öden, trostlosen Eindruck gemacht, so verregnet grau und menschenleer bis auf Strassenfeger, die vor ihren Besen mit sturen Blicken nasses, schmutziges Konfetti, Papierschlangen und andere Überbleibsel der grossen Strassenfastnacht zu Haufen schoben. Vor nun fast zwanzig Jahren, als Karla für einige Monate hierhergezogen war.
Jetzt scheint die Sonne. Ein recht geschäftiges, hektisches Treiben herrscht auf den Perrons und in der Halle. Und wie sich der Vorplatz verändert hat und das Bild der anschliessenden Häuserzeilen! Beim Taxistand, zurückblickend auf das alte Gebäude, wirkt der Bahnhof wie eine in diese moderne Stadtlandschaft vom Himmel gefallene und zerplatzte alte Steinkugel. Wie wohl die anderen Erinnerungen aussehen? Hauptwache. Mainpromenade. Das alte Sachsenhausen. Sind sie zwischen den Kunststoffassaden, Glas- und Betonwürfeln überhaupt noch zu finden? Auf der Fahrt zur Ausstellung kreuzt das Taxi Strassenbahnen. Die gibt's also noch. Auch die 95 nach Bonames?

Der Mann am Info-Stand vor dem Messegelände nimmt sich Zeit für Karlas Fragen. Mit Zimmern wird es ganz schlecht sein, aber es gibt eine interne Vermittlung für Messeteilnehmer, und der Mann zeigt Karla den Weg. Ihren Koffer kann sie in seinem Holzhäuschen so lange einstellen. Auch die Leute bei der Zimmervermittlung sind freundlich, ein einziges Einerzimmer für eine Nacht ist noch frei und wird für sie auch gleich telefonisch fest reserviert. Danach kann sie erleichtert die Ausstellung besuchen. Aber mit deren Ausmassen hat sie nicht im Traum gerechnet. Das schafft sie heute niemals. Mehrere Kilometer Fussweg wären zurückzulegen, Stunden würden dabei verstreichen, und dennoch würde alles nur als kolossaler Gesamteindruck an ihr vorüber gezogen sein. So beschränkt sie sich auf die Halle für Belletristik, meldet ihre Ankunft beim Verlagsstand und lässt sich den Weg zum abendlichen Treffpunkt erklären.

Die Weinstube im Kellergeschoss des Spezialitätenrestaurants füllt sich. Karla kennt nur den Verlagsleiter, ein, zwei Namen von Sektretärinnen kommen ihr bekannt vor; die Frau, mit der die Verhandlungen zum Titelbild geführt wurden, hat aus privaten Gründen, wie Karla erfährt, nicht nach Frankfurt kommen können. Fast alle Anwesenden scheinen irgendwelche Bekannte zu haben, stehen zu zweit beieinander oder auch in kleinen Gruppen. Karla beschäftigt sich am Bücherausstellungstisch, nimmt neue Exemplare in die Hand, interessiert oder Interesse vortäuschend, um Zeit zu überbrücken. Dann wird das Buffet eröffnet, alle sind beschäftigt, und Karla findet mit ihrem Teller einen Platz am Ende der Bar, neben zwei Männern, die so angeregt miteinander reden, dass jedes Einsteigen ins Gespräch unhöflich gewesen wäre. Nach dem Kaffee lösen sich die Gruppen auf, Karla gleitet von ihrem Hocker und wandert mit dem Weinglas in der Hand um das Bartischviereck, schaut mutig in die Gesichter, mit der nur vagen Hoffnung, vielleicht doch jemand zu kennen, erkennen oder einem offenen Gesicht zu begegnen, einer einladenden Geste, einer neugierigen Frage, die ihr die Teilnahme an einem Gespräch ermöglicht hätte. Aber die Gesellschaft wirkt äusserst homogen. So landet Karla wieder beim Auslagentisch, sucht noch einmal die Titel durch, fischt noch einmal ein Buch heraus, blättert darin und stellt sich dabei ein Ultimatum. Entweder geb' ich mir einen Ruck, überwinde innere Hemmungen und gehe den Schritt zur Selbstständigkeit weiter, suche jemanden heraus, spreche ihn an oder fahre jetzt gleich zurück ins Hotel.
Ein paar Bücher weiter steht ein Mann am Tisch, etwa gleichaltrig, mit hoher breiter Stirn, sehr hellen Augen und feinen

Gesichtszügen. Er ist vielleicht auch allein. Und Alleinsein in einer fröhlichen Gesellschaft ist wahrscheinlich für niemanden angenehm. Karla nimmt ihren ganzen Mut zusammen, rückt ein Stück näher und tippt den Mann leicht am Arm: «Entschuldigen Sie, wenn ich Sie anspreche», und ihre eigene Stimme kommt ihr dabei ziemlich fremd vor, etwas gepresst, und ihr Verstand hat keine Ahnung, ob ihm überhaupt noch was einfallen wird. Aber da hört sie sich schon weiter reden, wieder in vertrauterem Tonfall: «Ich bin ganz allein hierhergekommen, einen recht weiten Weg. Und nun kenne ich überhaupt niemand und fühle mich ziemlich verlassen. Könnten Sie vielleicht ein bisschen mit mir reden, dann hätte ich doch noch etwas von diesem Abend, bevor ich zurück ins Hotel fahre.»

Der Mann schaut sie gross an und hört ganz aufmerksam zu. Seine Stirn gefällt Karla, der Ausdruck von Verletzlichkeit und Wachheit in seinen Augen. Er holt sofort einen Stuhl für sie, stellt ihn quer zur Wand und setzt sich selbst auf die Stufen zu einer verschlossenen Tür. Er hat auf Sizilien Gräber fotografiert und steht mit dem Verlag in Verhandlungen wegen eines Bildbandes. Ein anderer Mann kommt hinzu. Sagt Karlas Gesprächspartner, dass er ihn an Edgar Allan Poe erinnere. Ob er wisse, dass er genau die gleiche Stirn habe wie dieser. Karlas Gesprächspartner ist verdutzt, dann lachen alle drei. Freunde des Mannes kommen dazu. Eine Frau im roten Kleid setzt sich zu Karla, fängt mit ihr ein Gespräch an. Sie selbst habe mit dem Verlag nichts zu tun, wohne in Frankfurt und begleite einen Freund. «Und du, bist du Autorin?» Karla erzählt von ihrem Titelblatt vor Jahren und der Überraschung, die diese Festeinladung für sie gebracht hat. «Bist du Malerin?» – «Nur nebenbei. Leider. Ich möchte es ganz sein, aber dazu fehlt mir die Zeit.» – «Du musst Geld verdienen?» – «Ja.» – «Für dich allein?» – «Für mich und meine Kinder, zwei Töchter.» – «Und dein Mann?» – «Mein Mann ist vor einem dreiviertel Jahr gestorben.»

Die Frau im roten Kleid wird noch offener. Das hier interessiert sie menschlich, aber auch beruflich. Sie ist Psychologin. Eine Frau im Trauerjahr allein hier an einem Fest. Und die weite Reise mit dem Wissen, wahrscheinlich niemanden zu kennen. «Und ohne Unterkunft», sagt Karla, «ich habe mit Glück noch für diese Nacht ein Bett bekommen. Wenn ich für morgen nichts finde, muss ich bei der Bahnhofsmission übernachten oder gleich wieder zurückfahren.» Da nestelt die Frau ein kleines Notizheft aus der Tasche und schreibt eine Adresse auf ein Blatt. «Hier wohne ich. Zusammen mit einer Tänzerin, aber die ist auf Tournee. Ihr Zimmer ist leer. Morgen vormittag bin ich zu Haus. Wenn du willst, kannst du deinen Koffer bringen und den Schlüssel holen, damit du am Abend frei bist.» Karla kennt diese Reaktion. Mit vertauschten Rollen hätte sie dieses Gespräch völlig richtig und selbstverständlich gefunden. Für sie als Nehmende bekommt das Angebot eine Grosszügigkeit, die sie fast sprachlos macht.
Als die Frau und ihre Freunde, zu denen, wie Karla merkt, auch ihr erster Gesprächspartner gehört, zur Heimfahrt aufbrechen wollen, spürt Karla das Zögern des Mannes. Als sie hochschaut, trifft sie, an der Schulter eines anderen vorbei, genau seinen hellen Blick. Etwas Fragendes darin. Ein Freund klopft ihm auf die Schulter. «Wenn du willst, kannst du ruhig noch bleiben. Wir lassen die Tür einfach offen.»

Mit Karla ist etwas geschehen. An diesem Abend.
Möglichkeiten haben sich aus sich selbst heraus entwickelt. Allein. Fremd. Ohne vertrauten Freundeskreis oder familiären Hintergrund sind für sie Beziehungen gewachsen, die über verbindliche Konversation hinausgehen. Karla hat sich aus passivem Dulden herausgerissen. Ängste überwunden. Eine Idee in Handlung umgesetzt. Jemand angesprochen. Sich aufgeschlossen. Die anderen haben zugehört. Anteilnahme gezeigt. Und die Gelegenheit wahrgenommen, sich selbst zu öffnen. Über die verbale Kommunikation hinaus hat

sich das Aufgenommene verdichtet. Ist seelisch und körperlich spürbar geworden. In so wenigen Stunden.
Karla lächelt zurück, schaut direkt in die Augen des Mannes. «Gehen Sie nur, ich bin auch müde. Ich fahre mit einer Taxe zurück ins Hotel, und morgen bin ich mit einer Freundin auf der Messe verabredet.»
Sie hätte auch sagen können: Soweit bin ich noch nicht. Sie wären der richtige Mann für dieses erste Mal. Für meine Stimmung jetzt. Gegen eine einsame Nacht an diesem fremden Ort. Mit Ihnen könnt' ich mitgehen. Ihnen vertrauen. Miteinander könnten wir Lust und Freude dieser besonderen Begegnung spüren. Danke für Ihr Zögern. Danke für diesen Blick. Aber ich bin noch nicht soweit. So weit noch nicht. Jetzt.
Aber sie sagt nur, als sie sich von ihm verabschiedet: «Danke. Es ist ein schöner Abend für mich geworden.» Und er verstärkt den Druck seiner Hand.

Beim Frühstück im Hotel sucht sich Karla auf dem Stadtplan die Adresse der Psychologin heraus. Fragt beim Bezahlen der Rechnung den Portier nach der besten Verkehrsverbindung. An der Bushaltestelle direkt neben der U-Bahn-Station gibt es eine Linie, die zur genannten Strasse führt. Auf dem Weg dorthin kommt Karla an einer Bäckerei vorbei und kauft frische Brötchen. Vielleicht hat die Frau noch nicht gefrühstückt.
Auf Karlas Klingeln wird die Tür geöffnet. Die Frau von gestern abend steht halbnackt im dämmrigen Flur. Sie und ihr Freund sind gerade aufgestanden. Die Brötchen willkommen. Karla stellt den Koffer in das zugewiesene Zimmer, setzt in der blaugestrichenen Küche Wasser auf und schüttet das Gebäck in ein Körbchen. Sucht Tassen, Teller und Besteck zusammen. Nachher sitzen sie zu dritt am Tisch. Die Frau wird den ganzen Tag auswärts beschäftigt sein, aber Karla kann, wie abgemacht, den Reserveschlüssel nehmen.

Wenn sie will, auch noch zwei oder drei Tage länger bleiben. Doch das geht nicht. Karla hat am nächsten Tag Geburtstag und den Kindern die Rückkehr versprochen. Ausserdem muss sie am Montag wieder arbeiten.

Sie treffen sich auf der Messe, Karla und Andrea, wie vorher zu Haus telefonisch abgesprochen. Andrea sitzt am Stand ihres Verlags. Gibt auf Wunsch Autogramme. Für ein Buch mit Kurzprosa hat sie sechs Tuschbilder liefern können. Zeichnungen wäre eine falsche Benennung. Jedes Bild ist nur in einer einzigen Farbe auf weissem Grund. Als wäre sie zerflossen, hier und da mit einem Pinsel gezogen, im Wind zerfedert, zersprengt. So leicht sieht das aus. Karla kennt die Arbeit, die dahinter steckt. Nur schon die Idee. Wieviel Entwerfen, Versuchen, Verzagen, Überdenken, Neubeginnen hinter einem Bild stecken kann, das nachher auf den Betrachter so leicht und selbstverständlich wie aus dem Handgelenk geschüttelt wirkt. Karla freut sich über Andreas Erfolg ganz ehrlich, und dennoch ist da ein kleiner Stich. Wie gerne würde sie mit dieser Konzentration, mit diesem Zeiteinsatz arbeiten. Wie schön wäre es, sich so ganz bewusst Chancen für ein Weiterkommen zu schaffen. Aber das würde vorläufig nur Träumerei bleiben. Andrea lebt allein. Seit Jahren arbeitet sie hart und diszipliniert. Jetzt ist sie so bekannt, dass sie sich mit ihren Bildern den Lebensunterhalt verdient. Berufsmässig würde sich Karla mit Malen und Bildermachen noch lange nicht beschäftigen können. Mit Jacques, ja, da war alles ganz anders. Da standen diese Hoffnungen offen. Er hatte ihre Arbeit anerkannt. Sie moralisch unterstützt. Kein Wort der Missbilligung, wenn es sie gepackt hatte und dafür die Hausarbeit liegen blieb, es tagelang Würstchen, Brot und Spiegelei gab, am Abend sich die Familie selbst verpflegen musste. Karla manchmal wochenlang fast auschliesslich zurückgezogen in ihrem Arbeitszimmer lebte.

Aber manchmal hatte sie ihre Arbeit auch unterbrochen. Durchs offene Fenster drangen vielleicht die Stimmen der Kinder. Ihr Lachen und Schreien. Dazwischen Jacques' dunkle, warme Stimme. Hundegebell. Was machte sie denn hier im Zimmer? Hinter verschlossener Tür? Die Farben, das Papier, die gesammelten Materialien, künstlich zusammengebracht, konnten doch immer nur ein Abglanz sein. Ein ganz schwacher. Während sie sich hier in ihrer Gedankenwelt verlor, lief draussen das echte Leben ab.
Manchmal liess sie die Arbeit dann liegen, ging hinunter. In die Wärme des Sommerabends. Stimmen. Atem. Körper.

Manchmal liess sie sich auch in der aufsteigenden Melancholie treiben. Eines Tages würde sie nur noch in Erinnerungen leben. Die Jahre umgesetzt in Farbe und Form und keine Zeit zum wirklichen Leben gelassen. Neue Bilder müssten dann aus alten Erinnerungen zusammengeflickt werden, und eines Tages wäre auch alle Fantasie verbrannt.
Aber stärker als diese zeitweilige Angst immer wieder die grosse Befriedigung. Diese Gabe – Erlebtes, Gefühltes, Gedachtes zu materialisieren – sensibilierte ihr Daseinsbewusstsein. Und hatte sie, beim Schaffen ihrer Bilder, nicht das Glück, Gelebtes ein zweites Mal zu durchspüren? Dann die andere Lebenslust. Fordert Auftauchen.
Nach einer Reihe durchgearbeiteter Tage und Nächte ganz plötzlich das Wissen: für diesmal mache ich Schluss. Wie das Erwachen aus tiefem, langem Schlaf in einer neuen Jahreszeit. Zurück in die Familie! Zu Geräuschen, Gerüchen, Bewegungen.

Wie weit das alles hinter ihr liegt.

Am Abend gehen sie miteinander essen. Andrea berichtet über ein paar Begegnungen am Bücherstand. Gezierte Reaktionen mancher Besucher. Sie prosten sich zu mit Apfelwein

und lachen. Karla erzählt vom Verlagsabend und der neuen Erfahrung. Spricht auch von dem kleinen Neidgefühl über Andreas Möglichkeiten zu konzentrierter Arbeit. Andrea fasst Karlas Hand. «Du, ich verstehe dich. Du weisst auch, wie ich deinen Fähigkeiten vertraue. Ich glaube immer noch fest daran, dass du einmal deinen Weg im Malen machen wirst. Hab nur Geduld. Aber dein Gefühl verstehe ich.»
Sie zieht ihre Hand zurück, schaut auf den Teller hinunter und dann wieder auf. «Es geht mir ganz ähnlich, wenn du von deinem Zuhaus und den Kindern sprichst. Sogar bei deiner Trauer. Dieses grosse Gefühl. Und deine Liebe, die du erlebt hast. Die noch immer nachklingt. Ich habe euch ja beide gekannt. Und dann auch solche Erlebnisse wie deines von gestern abend. Das ist doch das Leben. Das wahre.»

Ziemlich spät kommt Karla vor dem fremden Haus an. Vorsichtig schliesst sie auf. Die Wohnung ist dunkel. Durch keinen Spalt dringt Licht. Geräuschlos schleicht sie zu ihrem Zimmer, drückt die Klinke, schliesst die Tür leise hinter sich. Durch das Fenster fällt ziemlich helles Licht einer Strassenlaterne. Auf Waschen und Zähneputzen wird Karla verzichten. Vielleicht schlafen die andern schon, und sie will niemand stören. Sie öffnet den Deckel ihres Koffers, um das Nachthemd herauszunehmen, da liegt zuoberst ein grosses, braunes Pfefferkuchenherz, in Zuckerguss darauf: Herzlichen Glückwunsch.

Am nächsten Tag regnet es. Die Landschaft vor dem Zugfenster zerrinnt in den Wasserbächen an den Scheiben. Beim Umsteigen kriecht die feuchte, kühle Luft auf dem offenen Perron in die Kleider, dass Karla fröstelt. Sie macht sich auf die Suche nach einem Telefon. Am anderen Ende Claudias Stimme. Durch die Verspätung des ersten Zuges wird Karla alle anderen Anschlüsse verpassen und erst in der Nacht heimkehren. Den Kindern macht das nichts aus. Karla darf

sich nur nicht den Bauch vollstopfen, weil sie mit einem Essen überrascht werden soll.
Spät abends kommt sie an. Auf dem Weg vom Bahnhof sieht sie schon von weitem das Haus. Die helle Lampe über der Eingangstreppe scheint durch das schüttere Blattwerk der Herbstbäume. Aus den Fenstern fällt warmes, gedämpftes Licht in den Garten. Und dann, kaum im Flur, die beiden Kinder im Arm, ihre Körper so fest und nah, die warmen Wangen, das weiche Haar. Und die Hunde drum herum, mit schlagenden Schwänzen. Im Esszimmer ist der grosse runde Tisch zur einen Hälfte für ein Racletteessen hergerichtet, zur andern mit Kerzen bedeckt. Alle im Haus auffindbaren Kerzen haben Claudia und Natalie zusammengetragen, Kerzen für ein halbes stattliches Menschenalter. Grosse, runde, dicke, winzige Stummel, breite, flache Fladen, dünne, eckige, kugelige, einfarbige, bunte, gemusterte, geflammte, goldene. Neununddreissig Kerzen für Karla und so verschieden wie die abgelaufene Zeit ihres Lebens.
Karla drückt ihre beiden Kinder fest an sich. Wie schön die Tage in Frankfurt waren. Wie gut, hatte sie diesen Entscheid getroffen. Hatten die Kinder sie dabei unterstützt. Und nun dieses Heimkehren.
Andrea hatte recht.
Wie hatte Karla jemals Neid empfinden können!

WIEDER WINTER

Bereits Anfang Dezember.
Bereits der erste Schnee. So früh dieses Jahr.

Besuche von Freunden sind seltener geworden. Alle haben jetzt viel mit sich selbst und ihren Familien zu tun. Weihnachtsvorbereitungen zu treffen. Geschenke zusammenzustellen. Einkäufe zu machen.
Die Tage sind kurz geworden. Die Häuser wirken abweisender, verschlossener. Selten Leute in den Gärten. Die Strassen leerer. Gesichter unter Regenschirmen versteckt. Die Schritte eiliger.
Karla müsste mehr eigene Aktivitäten entwickeln, mehr aus dem Haus gehen, selbst mehr Besuche machen. Karla weiss das. Wie lange denn schon. Und immer wieder hatte sie sich ja auch zusammengenommen, sich angestrengt. Trägheit und Müdigkeit überwunden. Daran gearbeitet, nicht nur Nehmende, sondern in verschiedenster Weise im Bekannten- und Freundeskreis auch Gebende zu sein. Jetzt aber zieht sie sich zurück. Bleibt in ihren vier Wänden. Häutet sich ein. Kapselt sich ab. Und bedauert es nicht. Hat kein ungutes Gefühl dabei.

Erkennen.
Verstehen.
Begreifen.
Verinnerlichen.
Umsetzen.
Verarbeiten.
Begreifen.
Aufnehmen.
Anerkennen.
Sinn erkennen.
Verstehen.
Verinnerlichen.
Aufsichnehmen.
Annehmen.
Ertragen.
Umsetzen.
Verarbeiten.
Begreifen.
Anerkennen.
Erdulden.
Verkraften.

Bin ich auf dem Weg?

Frankfurt hat etwas in Karlas Leben verändert.
Hier läuft der Alltag trotzdem weiter. Mit diesem ganzen Auf und Ab.
Einmal noch ist Karla zum Treff der Alleinstehenden gegangen. Hatte aber die drei anderen Frauen von der fröhlichen Tischrunde nicht mehr wiedergetroffen. Die mit den hellen Augen. Die mit dem grünen Pullover. Die mit den roten Haaren. Auch sonst war nur ein kleiner Teil der zum Orientierungsabend Gekommenen anwesend. Auch diesmal nur wieder Frauen.

In den Gesprächen fand Karla auch einige der eigenen Erfahrungen bestätigt, wie sich die Gesellschaft zur alleinstehenden Frau stellt. So viele traurige Berichte von anderen: Geringschätzung auf Ämtern; anonyme und zum Teil anzügliche, gehässige Telefonanrufe von Frauen und Männern; Überheblichkeiten von Männern; Gehässigkeiten durch Nachbarn; üble Nachrede und Gerüchte bei Männerbekanntschaften. Viele der Älteren vor allen Dingen litten unter dieser neuerfahrenen Art tatsächlichen Ausgeschlossenseins. Freundschaften waren oft durch berufliche Beziehungen des Mannes, durchs Militär, durch Vereine, Parteien oder gemeinsame sportliche Interessen entstanden. Und die zeigten sich von Monat zu Monat des Alleinseins tragunfähiger. Einladungen zu Essen oder Besuche kultureller Anlässe wurden immer seltener. Gemeinsame Aktivitäten mit anderen Paaren fielen ganz weg. Die Trauernden hatten mit dem verstorbenen Partner auch die Freundschaften zu Grabe getragen.

Bei den Geschiedenen war es ähnlich. Nur gab es hier andere Gründe. Freunde zogen sich zurück, um nicht Prellbock für Anschuldigungen und in die Streitigkeiten der getrennten Partner hineingezogen zu werden.

Auf jeden Fall hatten alle aus einer Lebensgemeinschaft entlassene Alleinstehende viel Kraft aufzuwenden gehabt, sich neu zu orientieren. Wo sich keine Freundschaften bewährt hatten und keine Verwandten echtes Interesse zeigten, blieb nichts anderes übrig, als sich nach neuen Bekannten umzusehen. Das brauchte viel Energie und guten Willen. Einige litten noch immer unter den alten Erinnerungen, verstummten Beziehungen, andere spürten immer stärker ein neues Lebensgefühl. Sahen Vergangenes mit neuem Bewusstsein, erkannten auch die Gründe einer eventuellen Belastungsunfähigkeit, entdeckten in sich aber ein neues Selbstwertgefühl im Selbsterkennen. Sie waren offener und grosszügiger geworden bei Dingen, die sie früher in Zorn, Angst und Abwehr

versetzt hatten. Aber starke Menschen, diese Erfahrung machten sie auch immer wieder, werden von der Umwelt schwer verkraftet. Starke Frauen erst recht. Werden zwar insgeheim oder offen bewundert. Manchmal bis zur Lästigkeit. Aber gleichermassen auch abgelehnt.
Unter diesen Erfahrungen waren manche verhärtet und misstrauisch geworden.

Trotz der guten Gespräche wollte Karla nicht weiter mitmachen in dieser aufzubauenden Gruppe. Die meisten der Teilnehmerinnen waren älter als sie oder lebten doch ganz anders, mit anderen Bindungen oder anderen Freiheiten. Aber das war nicht der wirkliche Grund.
Karla wollte ihren eigenen Weg finden.
Sich nicht festlegen. Wollte offen sein für alles mögliche. Nur den eigenen Erfahrungen und der eigenen Kraft und Orientierung leben. Das konnte gefährlich werden, einseitig, unnütze Kräftevergeudung bedeuten, das war ihr klar. Doch die Wege zurück waren ja nicht abgebrochen. Umkehren konnte sie immer noch.

Aber Frankfurt hatte so viel verändert.
In Frankfurt, am Verlagsabend, in diesem kleinen geschlossenen Kreis, hatte Karla sich plötzlich selbst gespürt. Im Leid. Im Alleinsein. In der Schwierigkeit, die Isolation zu durchbrechen. Und dann, nach ihrem Entschluss – die Wahrheit von Möglichkeiten, die in Bewegung gesetzt werden konnten, wenn man ganz fest wollte und dafür auch etwas tat. Die Erfahrung auch hier bestätigt: wenn etwas verändert werden sollte, musste man auch was für tun. War es nicht auch gut, dass man Einsamkeit und Redebedürfnis und Gefühle nicht immer gleich bemerkte? Wie konnte sie da erwarten, dass andere die vielleicht mit sich und der Welt zufrieden waren, bei ihr, der Fremden, die Not erkannten, auf sie zugingen, ihr

damit halfen? Aber sich selber helfen, das war also möglich. Überall gab es doch immer wieder offene, interessierte Menschen. Nicht so viele wie verschlossene, abweisende, verständnislose vielleicht. Aber es gab sie. Die andern. In Frankfurt hatte sie das über drei Tage hinweg immer wieder erlebt. Und wenn es möglich war, innert kurzer Zeit spürbare Bindungen zu bisher völlig fremden Menschen herzustellen, müsste das auch immer wieder im bestehenden Freundeskreis funktionieren.

Jacques und Karla hatten zusammen ihre Freundschaften gefunden und wachsen lassen in Beziehungen zu Menschen mit ähnlichen Neigungen und Lebensanschauungen. Gemeinsame Aktivitäten und Ferien hatten das Interesse aneinander verstärkt und die Gefühle füreinander vertieft. Und solche Bindungen lösen sich nicht auf, einfach so. Die bleiben stabil, auch über längere Zeit des Schweigens hinweg. So konnte jeder für sich neue Bekanntschaften anknüpfen. So konnte Karla sich zurückziehen, wann sie wollte. Konnte Karla neue Beziehungserfahrungen machen. Aber wenn einer Sehnsucht hatte nach Vertrautem oder Hilfe brauchte, war der andere da. Und zu jeder Zeit konnten die alten Freundschaftsbande wieder fester geknüpft werden. Da fühlt sich Karla jetzt sicher.

Aber eine Art von Unsicherheit empfindet sie den Gefühlen der Kinder gegenüber. Wie weit sind sie gekommen, mit ihrer Trauerarbeit?

Manchmal, im leichten Schlaf, wird Karla immer noch von Claudias Zähneknirschen geweckt, obwohl der Zahnarzt keine Voraussetzungen dafür am Gebiss gefunden hatte. Manchmal morgens sind die Kopfkissen der beiden feucht. Hin und wieder fallen Bemerkungen über das Sterben. Manchmal sagt eines von den beiden, dass es sterben möchte. Weil dann alles vorbei sei. Die ganze Last. Das ganze Leid. Und Karla weiss keinen neuen, wirksamen Trost.

Immer wieder tauchen Schwierigkeiten in der Schule auf. Nicht mit Leistungen. Nicht mit den Mitschülern. Sondern mit den Lehrern. Äusserlichkeiten sind den beiden unwichtig geworden. Gebügelte T-Shirts. Geputzte Schuhe. Sie haben ausgefranste Jeans, Löcher in den Socken, dass Zehen, Ferse oder Ballen durchschauen. Und ganz andere Dinge im Kopf. Ein gesteigertes Gerechtigkeitsempfinden. Ausgeprägtes Mitgefühl. Autoritätsempfindlichkeit. Daheim können sie sich ihrem Alter entsprechend entwickeln und sind trotzdem nicht vom Erwachsenenleben ausgeschlossen. Sie dürfen an Gesprächen teilnehmen, an Freuden und Sorgen von Karla, den Grosseltern und anwesenden Freunden. Manchmal kommen aus den Lebensperspektiven beider Mädchen sogar Ratschläge, die den Erwachsenen helfen. So richtig und gut das auch ist, kommen sie ausser Haus immer wieder mit fremden Erwachsenen in Konflikt. Die beiden passen nicht in das Bild, das solche Leute von Kindern haben. Auch die Schulen scheinen nicht an wachen, eigenwilligen und selbstbewussten Kindern interessiert zu sein. Einige Lehrer empfinden solche Charakterstärke an Schülern offenbar sogar als Bedrohung. Sie haben schon Mühe mit «kindgerechten» Kindern, und nun so etwas.

Manchmal greift Karla ein. Packt ihre Kraftreserven für Gespräche mit solchen Respektspersonen, Autoritäten – und gibt irgendwann auf. Weiss, dass sie im Recht ist, dass es Menschen mit Rückgrat braucht, die aus kritischen, fantasievollen und mutigen Kindern heranwachsen. Und kann sich doch nicht durchsetzen. Weiss, dass sie richtig und logisch argumentiert hat und trotzdem ins Unrecht gesetzt wird, weil sie gegen die alte Ordnung rebelliert. Und die starre Selbstgefälligkeit der Gegner holt sich Rückendeckung an dieser fragwürdigen Ordnung, dem bisher Bewährten. Dem so oft ja offensichtlich unbewährt Bewährten.

Glücklicherweise kann Karla weinen. Aus Angst. Aus Wut. Aus Trauer. Aus Verzweiflung. Tränen, hat sie neulich gelesen, sind von einem Forscherteam als Seelenurin bezeichnet worden, denn man hatte entdeckt, dass die chemische Zusammensetzung der Tränen beim Zwiebelschneiden eine ganz andere ist als jene der emotionsbedingten Tränen. Menschen, die aus seelischem Druck heraus weinen können, lautete das Ergebnis dieser Erkenntnis, neigten viel seltener zu inneren Erkrankungen als andere.
Und Karla hofft, dass ihre Kinder stark bleiben und auch in Zukunft weinen können.

Und trotz vielleicht zusätzlicher Belastung für alle, wird Karla mit ihnen an die Friedensdemo gehen, und wenn die zwei nicht nur, wie bereits abgeklärt, die einzigen Kinder aus ihrer Klasse, sondern der ganzen Schule sein werden. Selbst wenn das ganze Dorf zu Hause bleibt. Hier und da hört man ja: Freunde der Friedensbewegung sind Kommunistensympathisanten. Karla lässt sich von solcher Polemik nicht einschüchtern. Sie hat einen eigenen Verstand, der weiss, was er will, und ein eigenes Gewissen, das weiss, was für Karla gut und richtig ist. Stimmungsmache kann da nicht verunsichern. Also wird Karla die Anstrengung auf sich nehmen und am Samstag gleich nach der Schule, welches Wetter auch immer, mit den Kindern auf den Bahnhof gehen, vielleicht im vollbesetzten Zug die ganze Stunde Fahrzeit mit beiden stehend verbringen, die Angst vor der Menschenmenge und der Nervosität der patrouillierenden Polizei unterdrücken, sich und ihre Kinder der eventuellen Katastrophe einer möglichen Panik aussetzen, ihre Furcht verdrängen, weil immer nur mutige Menschen etwas verändert haben. Vieles von dem, was uns heute so selbstverständlich an Menschenrechten, Freiheiten und Sozialleistungen zukommt, musste einmal erkämpft werden. Mut bedeutet nicht, keine Angst zu haben, sondern Angst zu überwinden.

Mehr als zwanzig Jahre ist es her, dass Karla das im ‹Nachtflug› gelesen hatte. Und schon in manchen schwierigen Lebenssituationen war ihr diese Erfahrung Saint Exupérys zur Entscheidungshilfe geworden. Und Jacques hatte, aus seiner eigenen Überzeugung heraus, ebenfalls danach gelebt. Und den Kindern würde Karla es, so gut wie möglich, auch weitergeben.

Und Weihnachten? Da wird eine Freundin aus Kanada mit ihrer kleinen Tochter bei Karla und den Kindern Ferientage verbringen. Sie werden morgens alle miteinander in der Veranda frühstücken und lange Spaziergänge machen, vielleicht ein-, zweimal mit Skiern in die Berge fahren. Abends ohne Kinder mal ins Kino gehen oder in ein gemütliches Restaurant. Italienisch essen und Wein trinken und viel zu reden haben.

12. Dezember (Tagebucheintragung)
Am Telefon eben mit Ursi noch das Gerede von bewusst gelebt zu haben. Früher und auch jetzt. Und nun, nachdem der Hörer aufgelegt ist, so ganz plötzlich diese Angst. Bewusst. Was ist das? Wie stark war es gelebt? Ich glaube, bewusst gelebt zu haben, aussergewöhnlich sogar, aber ist das genug für jetzt, wo die Erinnerungen ein ganzes weiteres Leben herhalten müssen? Die Traurigkeit, zu wissen, plötzlich, dass etwas Entscheidendes, etwas, was richtig und bestimmt erschien, endgültig vorbei ist. Und kein Aufbäumen, kein Wehren, kein Wollen kann daran etwas ändern. Die Manifestation der Vergänglichkeit im Tod.

13. Dezember (Tagebucheintragung)
Ich habe geschrien und getobt und den Kindern angedroht davonzulaufen, und sie haben angstvoll zurückgeschrien, dass sie dann niemand mehr hätten, wenn ich auch noch gehen würde, und ich habe geschrien, dass sie immer nur an

sich denken würden, ich dabei kaputt gehe, nur immer für sie da zu sein, dass ich sie lieb hätte und gerne für sie da sein wolle, aber sie sich auch zusammennehmen müssten. Das ganze furchtbare Theater, von dem ich damals, vor Monaten, gehofft hatte, dass es nie, nie mehr gespielt werden müsse.
Seit Tagen husten die beiden wieder. Ich schlafe dabei auch unruhig und wachte heute nacht besorgt auf und brachte ihnen zur Beruhigung warme Milch und Honig an die Betten. Beim Honig haben sie gewürgt und die Augen verdreht, und Claudia hat die Hälfte vom Löffel aus dem Mund zurück in den Honignapf fliessen lassen, die Fäden mit den Fingern durchschnitten und sie am Bettuch abgewischt, und mit der gleich schnellen Bewegung habe ich ihr eins über die Wange gezogen. Seit diesem einen entsetzlichen Nachmittag im Mai hatte ich nie mehr geschlagen.
Wut. Verzweiflung. Alles ist so unendlich aussichtslos.

Lernen, allein sein zu können. Der grosse Weg zum persönlichen Ziel. Ohne dich, Jacques. Hinausrennen. Besser noch, das Fenster aufreissen und gleich hinausspringen, durch den weichen Schnee spurenlos, kreuz und quer und schreien. Die eigene Not endlich loswerden. Schreien: Ich bin noch nicht soweit. Ich habe das noch nicht entbehren wollen. Meinen Mann. Meinen Liebhaber. Den Vater meiner Kinder. Ich habe Konflikte mit ihm austragen wollen. Die Grenzen länger erforschen, die eine Ehe setzt oder erweitert. Aber seine Liebe, seine Nähe, seine Wärme hab' ich haben wollen, noch viele, viele Jahre, und es ist mir ganz egal, wieviel andere gelitten haben, vor mir; es gibt Millionen, die wenig leiden, die sich um nichts kümmern, sondern mit Arroganz, Selbstsucht und Hochmut sich ein weiches Nest polstern und sich den Teufel scheren um das Wohl oder Nichtwohl ihrer Mitmenschen. Und die müssen nicht leiden. Niemanden hergeben. Oder vielleicht doch. Aber was gehen mich die andern an. Immer und immer denke ich an die anderen und versuche aus allem Elend noch ein Stück Glück zu fischen. Immer dieses Helfenwollen, dieser verfluchte Glaube, die eigenen Erfahrungen könnten den andern, wenn nichts mehr hilft, ein Stück Wegbegleiter sein. Die Zuversicht in meine Stärke. Wo glaube ich denn, sind meine Kraftreserven aufbewahrt, versteckt?

Mein Unterleib schmerzt. Mein Rücken. Seit Tagen bohrender Kopfschmerz, Druck in den Ohren, Druck auf dem Brustkorb. Ist das das Ende einer grossen Beherrschung? Nur noch der Verstand hält mich zusammen. Erziehung. Disziplin. Wie man es nennen will. Keine Kraft mehr aus mir selbst. Ich höre Platten, denke, die Musik könnte mir helfen, aber der Druck in den Ohren verstärkt sich. Da sind auch keine Bilder mehr. Dieser ganze Rummel ums Kreativsein.

Nicht mehr arbeitsam. Nicht mehr politisch interessiert. Nicht mehr verantwortungsbewusst. Nicht mehr willensstark. Nicht mehr diszipliniert.

Aber ich darf nicht einmal krank werden. Wer versorgt dann meine Kinder? Führt den Haushalt? Wer macht meine Arbeit in der Ambulanz? Ich kann auch nicht davonlaufen. Ich kann nicht einmal sterben. Ich habe zwei Kinder, die ich nicht noch mehr verletzen darf. Ich kann nicht in den Schnee hinauslaufen. Weil ich nicht allein so spät durch die Strassen gehen will. Viel zuwenig Schlaf und viel zuviel Angst in all den Monaten. Und dennoch kann ich nicht aufhören zu hoffen, auf die Stärke in mir zu horchen, die vielleicht doch eine geheime Quelle hat.

Mein Blick zeichnet die Bilder nach, die Milchschaum am Trinkglas zurückgelassen hat.

Wahrscheinlich kann ich nicht einmal aufhören, an Bilder zu denken, wenn ich auch keine mehr in mir habe. Vielleicht ist das mein Weg. Der Weg überhaupt. Im Kreis gehen. Jeder Ausbruch zöge vom Ansatzpunkt auf der Linie des alten Kreises einen neuen. Dabei denkt es seit Tagen in mir: So geht das nicht mehr weiter, so gehst du kaputt. Und je mehr ich es denke, auch die andere Stimme: Du darfst nicht immerzu denken, du gehst kaputt, sonst passiert's tatsächlich.

Und draussen fällt Schnee. Unaufhörlich Schnee. Packt alles in weiche, kühle Watte, ist, wenn ich das Licht ausknipse und in das nächtliche Graublau schaue, eine wunderschöne Bilderbuchlandschaft. Ein Kindertraum. Zum Umarmen schön. Und doch so voller trauriger, schmerzender, unfassbarer Erinnerung.
Wie plötzlich und schnell, immer noch, die Stimmungen wechseln. Nicht mit Verstand, nicht mit Wille, nicht mit Kraft wirklich zu beeinflussen.
In einer Nacht wie dieser würden Karla und Jacques, wenn Anfang des Jahres ein paar winzige Sekundenbruchteile anders verlaufen wären, die Hunde nehmen und miteinander durch den tiefen, frischen Schnee stapfen.

In meiner Zeitung hat ein Herr B. die Friedensdemonstration eine unbeholfene Geste genannt. Im Lokalblatt hat einer seine Stimme gegen die Friedensbewegung und für ein weiteres Aufrüsten erhoben. Unsere Angst sichert uns den Frieden. Und wenn nicht? Dann kämpft der Krieg für unser Leben. Diesen Herren gehen ihre Weisheiten nie aus. Es sei denn, sie müssten selbst ihr Räuber- und Gendarmspiel vom Bleisoldatentisch an die Front verlegen.

Ich bin empfindlich geworden. Für Stimmungen. Zwischenzeilen. Atmosphärische Schwankungen. Hat mein Schmerz mich sensibilisiert?

Aber die Kinder sind jetzt wieder gesund. Haben ihre Erkältung überstanden, sind wieder geduldiger und gelassener. Lachen wieder. Natalie singt wieder. Claudia arbeitet seit Tagen zufrieden an den letzten Weihnachtsgeschenken.

Ich möchte nicht an Weihnachtsgeschenke denken müssen. Nicht arbeiten gehen. Regelmässig aufstehen. Nicht kochen. Immer alles zu den vorbestimmten Zeiten. Möchte nur da sein. Offen oder verschlossen. In mich kriechen oder ganz wach sein. Zeit haben. Wege finden, die meine sein könnten. Immer habe ich irgend etwas zu tun. Wartet eine Aufgabe, eine Pflicht. Immer schiebe ich meine Wünsche vor mir her. Vergeht Zeit, eingeteilt von Arbeiten, vollausgefüllt. Dabei möchte ich hellwach sein. Das Leben spüren und eingreifen können. Verändern. Wenigstens spüren.
Dass man so oft ganz anders leben muss, als man will!
Wenn du, Jacques, von einem Haus im Süden, Abgeschiedenheit von der Hektik geträumt hast, von leeren silbernen Sandstränden, Wind, der Weite des Meeres, so war es auch, um mehr Zeit für dich selbst zu haben. Zeit, dich darin neu zu entdecken, Neues aufzunehmen. Vielleicht ganz anderes, als von unserer Gesellschaft für richtig befunden. Etwas, in dem du selbst einen neuen Sinn gesehen hättest. Sinnvoll in deinem ureigensten Gefühl, obwohl andere es vielleicht so gar nicht erkannt hätten. Vielleicht ohne besondere Verantwortung. Sicherheit. Diese verdammte Scheinsicherheit.
Unsere Freiheiten, die sich so nach Zeitplänen richten müssen. Unsere plötzlichen Aufbrüche, Ausbrüche, die wir im Kalender vorbuchen.

Am Morgen legt sich Karla zu Natalie und Claudia auf die Matratze, und sie sprechen darüber. Dabei drängelt auch jetzt die Zeit. Sie wollen weiterreden, aber die Kinder müssen zur Schule, Karla zur Arbeit. Sie können nicht beieinanderbleiben, reden, wie es sich aus der Situation gerade so schön und richtig ergeben hätte. Dürfen nicht mehr in der gegenseitigen Wärme träumend vor sich hindösen. Die Zeit schreitet unaufhörlich vor. Verzögert sich nicht. «Die grausliche Zeit», schimpft Natalie. Aus vollem Herzen. Alle drei stutzen einen Moment, dann wird Natalie bewusst, was sie gesagt hat, und

sie beginnt zu kichern, und dann lachen alle drei. «Kommt, wir legen uns hin und hören einfach die Geschichte vom Monster», ruft Karla die beiden vom Weg zum Badezimmer zurück. «Heute vergessen wir alle unsere Aufgaben und schenken uns einen Morgen.» Welch kleine Pflichtvernachlässigung für ein so grosses Wohlbehagen. Sie holen den Kassettenrekorder, rutschen zu dritt näher zusammen, spüren so richtig ihre Körper, ihre Wärme und freuen sich über das kleine Abenteuer.
Mittags schreibt Karla für die Mädchen zwei Entschuldigungszettel: Mutter hat am Morgen verschlafen und daher auch die Kinder, weil niemand weckte. Wer konnte das schon widerlegen. Für sich selbst würde sie ein kleines Unwohlsein erfinden.

Wie eintönig und traurig unsere Erinnerungen jetzt wären, hättest du, Jacques, im Laufe unseres Beisammenseins nicht auch immer wieder gewagt, hier und da Grenzen zu verschieben. Selbst Massstäbe für dein Leben zu setzen und dich der selbstbetrügerischen Pflichterfüllungssehnsucht unserer Gesellschaft zu entziehen. Gegen den Strom zu schwimmen.
Stolz und froh ist Karla noch heute darüber.

GESTERN – HEUTE – MORGEN

Weihnachten ist vorbei. Und Claudias Geburtstag. Vor vierzehn Jahren – dieses kleine, süsse, lärmende, hungrige Bündel Mensch mit den wachen blauen Augen, in denen es bald schon so verschmitzt aufblitzen konnte, und fedrigem Blond auf dem runden Kopf. Hatte beider Zusammenleben verändert: das Paar zu Eltern gemacht, die Zweierbeziehung zu einer Familie.
Für Feste lag dieser Geburtstag etwas ungünstig, mitten in den Weihnachtsferien. Diesmal hatte Karla sich in der Ambulanz frei genommen und morgens mit den Kindern gemütlich gefrühstückt, später mit ihnen die alten Kinderbilder angeschaut. Gegen Mittag waren sie zum Bummeln und für einen Kinobesuch in die Stadt gefahren.

Und nun ist bereits auch Silvester vorbei. Rita ist wieder abgereist mit ihrer kleinen Tochter. Am Morgen das letzte Beisammensein in der Veranda. Sonne in den Fenstern. Blauer Himmel. Schnee. Rauhreif. «Ein Morgenessen, wie an jenem Sonntag», sagte Karla, «wie an Jacques' Todestag.» – «Es ist eigenartig», sagte Rita, «es kommt mir gar nicht so vor, dass Jacques nicht mehr da ist. Euer Haus ist kein Trauerhaus. Das ist so farbenfroh und strahlt so viel Wärme und Leben aus. All die Tage hier habe ich immer wieder gedacht, jetzt müsste Jacques doch aber mal beim Essen dabeisein. Oder sich wenigstens abends frei nehmen und mit uns zusammensitzen, wie früher immer». «Manchmal frage ich mich, ob ich überhaupt weiss, dass er nicht mehr ist. Ob ich mir vorstellen kann, diesen ganzen Winter jetzt auch noch ohne ihn verbringen zu müssen. Die Erinnerungen, wenn ich Zeit habe, schieben sich wie ein Film Bild für Bild durch meinen Kopf, und manchmal denke ich, ich werde verrückt an der Frage, ob nicht in mir die Wirklichkeit ist und draussen ein Bild.»

Rita ist abgereist. Die Kinder sind in der Schule. Plötzlich diese Stille im Haus. Hörbare Stille. Karla kann sie nicht so schnell annehmen. Heute nicht. Muss sie durchbrechen. Telefoniert mit ihren Eltern. «Ich wünsche mir so sehr, von Jacques zu träumen. Schöne Träume. Ich will morgens aufwachen und wissen, wir sind im Traum zusammengewesen. Träume, die ich im Dahindösen nach dem Weckerklingeln noch einmal zurückholen, in Bruchteilen von Sekunden um viele bunte, schöne Szenen verlängern kann.
Warum träume ich nie von Jacques? Warum erlebe ich im Traum nie schöne Dinge mit ihm, von denen ich am Tag zehren kann?» – «Weil du sie nicht träumen musst», sagt Karlas Mutter ganz ruhig und sofort, als müsste sie gar nicht überlegen, gäbe es überhaupt nur diese Antwort. «Du brauchst solche Träume nicht, weil du sie schon hast. Mit deinen Erinnerungen. Und die Erinnerungen sind viel mehr ein Stück Wirklichkeit.» – «Manchmal in letzter Zeit habe ich wahnsinnige Angst, auch meine Erinnerungen zu verlieren. Die Trauer zu verlieren. Bald ist ein Jahr um. Das erste Jahr. Ich stopfe die Zeit mit Arbeiten und Aufgaben und Pflichten voll, und sie vergeht und mit ihr vielleicht die Trauer. Plötzlich ist zu viel Zeit vergangen und die Trauer mit ihr, und ich steh da und hab sie verloren, kann sie nicht mehr zurückholen, weil es zu spät ist, hab das Wichtigste versäumt. Vertan.»

«Trauer verliert man nicht. Trauer fällt nicht ab», beruhigt Karlas Mutter, «alles, was du machst, ist dein Weg. Dein Suchen. Dein Leben geht ja weiter. Das der Kinder auch. Jeder kann nur sich selbst leben, wenn er ehrlich ist.» – «Ehrlich. Ich weiss nicht mehr, was das ist. Ich weiss nicht, was Ehrlichkeit im Gefühl bedeutet. Viel zu oft ist da ein plötzliches, überwältigendes Chaos.» – «Mach dir nicht zuviel Gedanken. Lass dich gehen. Sei einfach da. Dann wird es auch richtig sein.»

Erstmals am Morgen beim Aufwachen wieder ein Anflug von Glücksgefühl. Nicht, dass früher alle Tage so wundervoll gewesen wären, ungetrübt, mühelos. Aber ganz selten waren Jacques und Karla zerstritten ins Bett gegangen, und sehr oft war Karla am Morgen trotz Müdigkeit mit dieser wohligen Wärme im Bauch aufgewacht.

Am Nachmittag der See.
Die schneebedeckten Wiesen. Die Wasserfläche. Das gegenüberliegende Ufer. Alles in diesem grauseidenen Licht alter Wintergemälde. Unter zartrosa Himmel. Auch die Hügelkette. Auf den Kuppen und den talwärts fliessenden Bergrükken und im Vordergrund die schwarzen Federzeichnungen der entlaubten Bäume. Zart überstäubt. Goldgelb und schwarz messern Schilfhalme ins Licht oder werfen mit scharfen Knicken geometrische Figuren in den Seespiegel. Und diese einsame Frau am Ufer. Auf der Schräge der Böschung. Angehaltene Zeit. Ohne Gefühle. Nur Dasein. Karla weiss, dass sie diesen Augenblick nachher nicht mehr würde beschreiben können. Sie sieht all die Schönheit ringsum, will sie nicht in Worte setzen. Steht nur im Bild. Ist nur ein Stück Bild. Ist nur einfach da. Und wie sie wieder erwacht, zur Besinnung kommt, fühlt sie sich erholt. Ruhig.

Die letzten gemeinsamen Ferien. Ausnahmsweise in einem Hotel. Ausnahmsweise auf einer bekannten Insel. Nach all den voherigen Abenteuerreisen mit den Kindern.
Eine Spätsommerwoche für Karla und Jacques auf Mallorca. Tage in der Sonne, zwischen Wasser, Tennisplatz, Hotelterrasse, abgelegenen Dörfern, Pinien und Palmen. Du und ich. Morgens in der grossen, sonnendurchfluteten Esshalle mit den bodentiefen Fenstern vor der üppigen Gartenkulisse. Am Strand, zwischen all den sonnenhungrigen Körpern, den trägen Stimmen, vereinzelten Lachern. Und in der Bucht, auf dem Badefloss, faul in der Sonne. Glitzernde Wasserperlen auf der braunen Haut. Erste Versuche auf Wasserskiern. Stundenlang auf Surfbrettern. Neugierig auf dem Trampolin. Mittags vor dem grossen Buffet auf der Terrasse und an langen Tischen mit den anderen vom Strand oder vereinzelt in den Korbstühlen an den kleinen Tischen unter den mächtigen Piniendächern bei Paella. Nachmittags auf den Tennisplätzen zu zweit oder mit anderen. Die späten Nachtessen auf den noch sonnenwarmen Terrassen der kleinen Restaurants auf der anderen Strassenseite. Und nachher drüben im Café, bei dem eingewanderten Deutschen mit der rauhen Stimme und der leisen Gitarre. Tag und Nacht gespürte Zweisamkeit ohne Enge des Alltags. Und dann das Tennisturnier am letzten Tag. Jacques war bereits früher ausgeschieden, aber auf Wunsch eines verletzten Spielers als dessen Ersatz wieder in die Schlussrunde gekommen. Der Gegner, ein schlanker, guttrainierter, weisshaariger Siebziger. Das Spiel verlief fair, nicht verkrampft, sportlichkammeradschaftlich. Viele Zuschauer sassen hinter dem Zaun auf Baumstümpfen oder herbeigebrachten Stühlen, kommentierten, klatschten. Der dritte Satz entschied mit Tie-Break für Jacques Partner. Ein Teil des Publikums war enttäuscht. So ein junger, schneller Spieler wie Jacques hätte eigentlich gewinnen sollen. Karla hatte sich auch gewundert. War Jacques müde, in Gedanken schon auf dem Rückflug? Einige seiner Fehler waren ihr fremd an ihm.

Die Spieler dankten einander. Der Weisshaarige nahm mit Würde den ersten Preis entgegen, der verletzte Spieler zufrieden den von Jacques erkämpften zweiten. Die Zuschauer verteilten sich. Jene von Jacques' und Karlas Reisegruppe stiegen in den Bus, der für die Fahrt zum Flugplatz bereits seit einiger Zeit wartete. Karla gab Jacques einen Kuss in den nassgeschwitzten Bart. Er trocknete sich lachend ab, zog sich ungeniert zwischen den verlassenen Baumstümpfen und Stühlen um, nahm den Tenniskoffer in die eine Hand und legte den anderen Arm um Karlas Schultern. «Das verstehst du», sagte er auf dem Weg zum Bus, «dass ich das niemals hätte tun können, den alten Mann um den Sieg bringen. Erstens stand es mir als Ersatzspieler nicht zu, finde ich, und zweitens hätte ich es auch sonst nicht gekonnt. Es wäre nur der Sieg meiner kräftigeren Kondition gewesen. Der Mann spielte so gut, technisch so einwandfrei, dass es sogar schwer war zu verlieren, ohne Verdacht zu erwecken. Vielleicht war es sein letztes Turnier. In diesem Alter.» Karla blieb stehen, nahm Jacques in den Arm und küsste ihn ganz fest.

Auf der langen Busfahrt quer über die Insel waren sie sehr still. Beide liebten die herbe Schönheit der Landschaft. Pinienwälder. Messingfarbene, abgemähte Stoppelfelder. Knorrige Feigenbäume mit laschen Blättern. Kakteenpflanzungen. Bewässerungskanäle. Grüne Gärten auch. Natursteinhäuser. Windmühlen.

Karla erinnert sich jetzt, hier am See, vor dem langsam verblassenden Himmel, im aufkommenden Bodendunst, an diese eigenartige Schwermut damals. An die so stark gespürte Zweisamkeit der letzten Tage. Abschiedstrauer. In kurzer Zeit würden sie über die Insel hinwegfliegen und damit alles zu Vergangenheit machen. Auch Jacques' Tennisspiel hatte mit dieser Wehmut zu tun. Wie Karla ihn für dieses Spiel liebt. Eine solche Zärtlichkeit und Dankbarkeit und Bewunderung in ihr. Jacques' Lebensart – abenteuerlustig, kräfteverschleissend und draufgängerisch für sich selbst, feinfühlig

und rücksichtsvoll im Umgang mit andern – verdichtet in dieser Geste.
Du musstest nicht um Autorität kämpfen.
In deiner Nähe konnten die andern das Beste in sich selbst entdecken.
«Und wenn Ihr Mann, den ich nur vom Sehen und Namen her kannte, mir zufällig im Lastwagen auf der Strasse begegnete, hat mir sein Lächeln den ganzen Tag verschönert» – in der zittrigen Schrift eines alten Menschen auf einer der Beileidskarten.
Wer weiss, der weisshaarige Siebziger spielte vielleicht immer noch Turniere, hatte sich möglicherweise dieses Jahr auf Mallorca an das Endspiel vom letzten Jahr erinnert. Aber Jacques gibt es nicht mehr. Jacques ist nicht mehr da. Nie mehr. Nie.

Am Bahnhof die Maroniverkäuferin. Der Geruch heisser Kastanien. Karla kauft eine grosse Tüte voll. Die Kinder sind von der Eisbahn bereits zuhaus. Die Schwiegermutter ist vom Friedhof gekommen, hat den Tisch für das Abendbrot gedeckt. Tee gemacht. Der Schwiegervater sitzt auf seinem Sessel beim Kamin und schaut dumpf ins Feuer. Karla wickelt die Maroni in Folie und legt sie nahe an die Flammen. Nach dem Abendessen pulen sie die heissen Kugeln mit spitzen Fingern aus den Schalen, wälzen sie abkühlend im Mund hin und her.

Heute vor einem Jahr ist Samstag gewesen. Unser schöner, fröhlicher, zärtlicher, gemeinsamer Samstag. Ahnungslos. Wirklich ahnungslos, oder hast du, Jacques, etwas in dir gespürt?

Die Kinder sind vom Eislaufen in der kalten Luft und der plötzlichen Wärme im Haus und den vollen Bäuchen müde. Wollen keine Trauerstunden jetzt. Keine Tränen. Sagen

«Gute Nacht» und gehen früh in ihre Zimmer. Die Schwiegermutter mit dem ganz weiss gewordenen Haar. Der Schwiegervater mit dem verschleierten, leeren Blick.
Die Schwiegermutter räumt das Geschirr in die Küche, stellt es nicht in die Abwaschmaschine, sondern spült alles von Hand. Sie hat ihre Aufgaben. Muss die Wohnung in Ordnung halten. Die Freundschaften pflegen. Kochen. Auf den Friedhof gehen. Bei der Schwiegertochter und den Enkelkindern nach dem Rechten sehen. Der Schwiegervater hat im Sommer den Garten gepflegt. Dabei die grüne Schürze, das frühere Geburtstagsgeschenk mit Karlas Stickerei «Unser Lieblingsgärtner», getragen. Hat auch den Kindern die Fahrräder geputzt. Die Hunde gebürstet. Die Rosen geschnitten. Dem Nachbarkind den Roller geflickt. Jetzt ist Winter. Der Garten zugedeckt. Jetzt hat er nur noch seinen Sohn verloren. Und er muss ins Feuer schauen und herausfinden, ob sein eigenes Leben jetzt noch einen Sinn hat.

Karla schaut ihnen auf den Eingangsstufen stehend nach. Dieses nun schon so vertraute Bild. Der Vater mit dem breiten, kräftigen Rücken. Jetzt gebeugt. Unsicher am Stock stapfend. Die Mutter klein. Geschrumpft. Ihr vormals so energisch langer Schritt jetzt nur noch ein unsicheres Trippeln. Nebeneinander gehen sie, alte Eltern, die ihren Sohn überlebten, auf dem Heimweg, Abend für Abend, zu zweit, ohne sich dabei zu berühren, jeder für sich allein, in der grossen Einsamkeit.
Seit einem Jahr. Immer noch.

Im Haus klingelt das Telefon. Karlas Mutter am anderen Ende. «Ich wollte nur noch vor dem Zubettgehen schnell wissen, wie es euch geht.» – «Das Jahr ist wie ausradiert», sagt Karla, «das ganze ereignisreiche, traurige Jahr einfach weg. Die Traurigkeit krempelt mich um. Ich habe unser ganzes gemeinsames Leben in mir, alle siebzehn Jahre, aber kein einziges Wort. Wenn die Kinder nicht wären, ich könnte jetzt die Tasse mit der Milch aus meiner Hand fallen lassen und mich selbst auch.» Sie weint jetzt doch. «Mädel», sagt ihre Mutter, jetzt auch fassungslos, hilflos, so weit weg, «Mädel. Wein nur. Wein alles aus dir heraus. Das musst du. Das ist gut. Es wird wieder. Es geht weiter. Aber heute, natürlich, das ist ein ganz besonderer Tag.» Karla schluchzt. «Dieses Jahr, Karla, hast du in dir. Das ist nicht verloren. Nächstes Jahr wird alles anders. Mit der Zeit auch leichter. Auch wenn dir der Gedanke jetzt weh tut. Aber es ist so. Und es ist gut so. Dann steht dieses Jahr schon dazwischen. Aber dieses Jahr, Karla, ist doch auch ein Geschenk gewesen. Alles, alles, was du gemacht hast, erlebt hast, jeder neue Tag ist noch von der alten Erinnerung getragen. Hat sich an ihr ausgerichtet, an ihr orientiert, ist an ihr gewachsen. Manchmal war dir das Leben überhaupt nur durch die Erinnerung möglich. Dieses erste Jahr war noch einmal ein Jahr mit Jacques. Alles, was du gemacht hast, war das erste Mal neu, und Jacques stand immer dahinter.» – «Du meinst, ein geschenktes Jahr?» – «Ja», sagt ihre Mutter, «das meine ich. Und Vati auch. Hörst ihn ja brummeln im Hintergrund. Du, mit all deinen Erinnerungen. Die Kinder mit ihren. Eure Freunde. Das alles zusammen hat euch über Jaques' Tod hinaus noch dieses zusätzliche Jahr des Zusammenseins mit ihm geschenkt.» Trotzdem weint Karla diese Nacht ihr Kopfkissen nass.

Am nächsten Morgen das Licht. Feuriges Rot und darüber zwischen graue, schmale Wolkenbänke flüssiges Gold gegossen.

Karla weckt die Kinder für die Schule und zieht sie ans Fenster, ihnen dieses gewaltige Loch, diesen mächtigen, goldenen Himmelssee zu zeigen, da hat er sich schon verteilt, sind die grauen Wolkenzungen zu kleinen Inseln aufgelöst, ist Rot ins Gold geflossen. Dünne gelbe Schleier lagern vor dem lichten Blau.

Jacques' Todestag.
Karla hat sich frei genommen. Sie will diesen Tag für sich und die Kinder. Heute will sie nicht grübeln. Will nur dasein. Sich spüren. Jacques spüren. Ihm nahe sein.
Aber bereits am Morgen kommen Freunde. Bringen Blumen. Trinken Kaffee, und Erinnerungen steigen auf, und es ist wieder wie am ersten Tag. Wie ganz am Anfang.

Die Landschaft vor dem Fenster hat sich verändert. Der Tag gleicht nicht dem vor einem Jahr. Kaum noch Schnee auf den Strassen. Es ist auch Montag und nicht Sonntag. Aber auf eine ganz fremde Art ist auch dieses Heute wunderschön. Noch nie zuvor hat Karla das am hellichten Tag gesehen. Alle Äste und Zweiglein der Bäume und Sträucher im Garten sind eingeglast. Die tropfende Regennässe ist in der plötzlichen starken Kälte des Morgens zu Eis gefroren, und jetzt, am Mittag, in diesem metallenen Licht, stehen die gläsernen Bäume immer noch. Karla öffnet das Fenster weit, lässt sich von der Sonne bescheinen. Fühlt sich in der Sonne von Jacques noch einmal umarmt und holt den Fotoapparat und fotografiert diesen Tag.

Am Nachmittag bringt das Blumengeschäft einen wunderschönen Azaleentopf, mit vielen tiefroten Blüten. Einen Brief von Christiane und ihrer Familie dazu: «Wir sind in Gedanken ganz fest bei Euch. Trotz der vielen Kilometer.» Dann noch ein Anruf von Karlas Eltern, und am späten Nachmittag kommen die Schwiegererltern und Vreni und Margrit, Jacques' Schwestern, mit ihren Familien, für den gemeinsamen Friedhofsbesuch und Kirchgang, weil das Jahresgedächtnis gefeiert wird. Für das anschliessende Abendbrot hat Karla Kartoffelsalat und Würstchen bereit. Weil Montag ist und der Schul- und Arbeitstag am nächsten Morgen wieder früh beginnt, gehen alle bald nach Hause.

Vor dem Fenster immer noch der gläserne Garten. Der Lichtschein der Strassenlampe bricht sich wie in Kristall. Im Gezweig vor dem Esszimmerfenster glitzert es und funkelt's. «Wir sind heute reich», sagt Natalie, «wir haben Diamantenbäume im Garten.» Claudia legt ihr von hinten die Arme um die Taille, verschränkt die Hände und schwingt die jüngere Schwester lachend im Kreis. Dann bekommt Karla von beiden einen weichen Gutenachtkuss. Sie drückt ihre Kinder fest an sich. «Meine tapferen zwei. Ihr. Wenn ihr fertig seid, komm' ich noch mal rauf.»

Das feine Geäst der Birkenzweige legt sich wie in Kreisen um den Lampenschein. Urkreise in Licht und Eis. Karla öffnet das Fenster, und draussen rieselt und knistert es immer noch. Sie geht in den Flur, öffnet die Haustür und streckt die Hand unter dem Dachvorsprung hinaus. Die Fläche wird kühl besprenkelt; wie Karla sie aber unter der Eingangslampe betrachtet, sind weder Schnee- noch Wasserspuren darauf. Die Haut ist ganz trocken.

Deine guten warmen, trockenen Hände, Jacques.
Ich liebe dich. Ich liebe dich. Ich liebe dich.

Der Schmerz tut jetzt immer noch weh. Aber er ist heute nicht so messerscharf. Schwerer, wehmütiger Schmerz.

Karla lässt unten, im Wohnzimmer, noch eine Lampe brennen. Geht dann die Treppe hinauf. Mit vorsichtigen Schritten in die Zimmer der Kinder, lauscht an ihren Betten, zieht behutsam die Decken zurecht, setzt einen zarten Kuss auf die schlafwarmen Kinderwangen. Geht dann ins Arbeitszimmer. Sortiert die Wäsche auf dem Tisch. Legt die Stapel vor die Zimmertüren der Kinder, räumt ihre eigenen Stücke in den Schrank. Geht mit dem Staublappen ans Arbeitsgestell.

Nimmt das verbrauchte Material heraus und wirft es in den Papierkorb.
Morgen wird sie eine Liste aufstellen.
Wird die nötigen Dinge nachkaufen.
Wird die Türen offenhalten. Sich nicht einpuppen. Nicht abkapseln. Und mit den Bildern beginnen.

Liebes Leben, fang mich ein,
halt mich an die Erde.
Kann doch, was ich bin, nur sein,
wenn ich es auch werde.

Gib mir Tränen, gib mir Mut,
und von allem mehr.
Mach mich böse, mach mich gut,
nur nie ungefähr.

Konstantin Wecker

Katharina Zimmermann • **Hibiskus**
Roman

Was kann eine Liebesgeschichte lesenswert und unvergesslich machen? Zum Beispiel die Exotik des Handlungsortes. Die Autorin Katharina Zimmermann verbrachte selber viele Jahre in Indonesien und ist deshalb mit Details vertraut, die dem Touristen unbekannt sind. Auch das soziopolitische Engagement des Romans kann wesentlich sein. Vor allem aber die Tiefe, Echtheit und Nachvollziehbarkeit der Gefühle, die psychologische und formale Anziehungskraft des Textes.

Katka Räber-Schneider, LNN

Katharina Zimmermann • **Die Furgge**
Ein Täuferroman

Anna, eine in Zürich lebende Cellistin, will sich im Kemmeribodenbad am Fuss des Hohgants (der früher «Die Furgge» hiess) erholen und stösst durch ihre Ferienlektüre zufälligerweise auf das Thema Wiedertäufer, dem sie mit wachsendem Interesse und immer grösserer innerer Anteilnahme nachgeht. Vor allem das Schicksal von Madleni Schilt, einem tapferen Bauernmädchen aus dem Schangnau, das als Opfer der Täuferverfolgungen mit 37 Jahren zu lebenslänglicher Haft verurteilt wurde, lässt Anna – und bald auch die Leserinnen und Leser – nicht mehr los. Anna versetzt sich immer mehr in die junge Frau und Mutter, die vor dreihundert Jahren gelebt hat, und so entsteht auf behutsame Art in neun Episoden das differenzierte Porträt dieses für die damalige Zeit typischen Frauenschicksals, das nicht nur Mitleid weckt, sondern uns ebensosehr Bewunderung und Achtung abverlangt. Das Leben im Einklang mit den Jahreszeiten auf den Bauernhöfen und Alpen jener Zeit, Arbeit und Feste, Geburt und Tod, Aberglaube und Glaube der Täufer an die Wehrlosigkeit, Widerstand gegen die Gnädigen Herren von Bern, die die Bauern zum Kriegsdienst zwingen wollten, das Unglück, das über ganze Familien hereinbrach, weil die Väter zur Auswanderung gezwungen wurden und die Höfe verkauft werden mussten – dies alles beschreibt Katharina Zimmermann eindringlich und mit echtem menschlichem Engagement. *Barbara Traber, Badener Tagblatt*

Katharina Zimmermann • **Frau Zu**
Roman

Der Wechsel des Jahrtausends steht vor der Tür. Hong Kong ist ein Symbol dieser Zeitwende; sein Sonderstatus wird bald zu Ende sein. Dahin reist Frau Zuberbühler, weil ihr dort in einer Zweigstelle eines Reisebüros eine Stelle angeboten wird. Sie muss sich dabei aber von ihrer siebzehnjährigen Tochter Dithi trennen. Wohl hat Dithi ihre Mutter zum Schritt ins neue Leben ermuntert, doch die Tochter vereinsamt in Bern, während die Mutter, jetzt als Frau Zu, eine Art zweites Dasein beginnt. Immer aber bleibt im Hintergrund die Mutter-Tochter-Beziehung lebendig. Die Heimkehr der Mutter ist nicht nur ein Ausdruck der Sorge um ihre Tochter; es ist in ihr zugleich eine grössere Sorge um die Rettung der Welt wachgeworden. Katharina Zimmermann ist ein Roman geglückt, der die behutsame Schilderung einer Mutter-Tochter-Beziehung mit Weltoffenheit verbindet. *Bücherpick*

Katharina Zimmermann • **Mit den Augen des Nomaden**
Eine Wintergeschichte

Maguyu, der junge Mann, der mit einem kirchlichen Stipendium an der Uni Bern studiert, kommt aus einem warmen Land, aus einem Land, das nach aussen lebt und seine Gefühle zeigt. Die Schweiz ist ihm fremd. Er versteht die Sprache kaum und die Gebräuche nicht; er macht alles falsch und eckt überall an, ohne es zu wollen. Freunde zu finden ist schwierig, weil auch im Umgang mit Menschen andere Gesetze gelten, als der junge Punan sie von zuhause kennt. Maguyu ist sehr einsam, und Katharina Zimmermann, die selbst 15 Jahre als Lehrerin und Mutter einer Grossfamilie in Indonesien gelebt hat, versteht es meisterhaft, sich in die Seele des jungen Mannes aus dem indonesischen Dschungel einzufühlen. Ihr Buch sei jedem empfohlen, der wissen möchte, wie Fremde – auch Tamilen zum Beispiel – sich in unserem Land fühlen. Von Paradies kann dann nicht mehr die Rede sein.

Klara Obermüller, Weltwoche

Lydia Portmann • **Hofstettenvaganten**
Roman einer Jugend

Wenn die Kinder der Hofstettenstrasse heimlich durch die Glasscheiben die Gäste des Thuner Grand-Hotels an der Table d'hôte beobachten, so fällt es der kleinen Lydia wie Schuppen von den Augen: Die englischen Ladies, die sportlichen Amerikaner essen nicht, um sich zu sättigen, sondern um zwischen den Häppchen gekonnt Konversation zu führen. Als Jüngste von sieben Kindern weiss sie, dass daheim, am häuslichen Tisch, ganz andere Regeln gelten. Die Scham befällt sie, wenn sie zusehen muss, wie der Vater alle Hosensäcke leert, um der Mutter das Haushaltsgeld geben zu können.
Die Autorin, 1924 in Thun geboren, holt ein Jahrzehnt ihrer Jugend ins Bewusstsein zurück, die Zeit zwischen 1929 und 1939. Flankierende Ereignisse sind die Wirtschaftskrise und der Ausbruch des Zweiten Weltkrieges, die auch das Leben ihrer Familie unmittelbar berühren: denn da bleiben die ersehnten Gäste aus, die den saisonabhängigen Kleinstverdienern das Geld ins Haus bringen.
Lydia Portmann fächert die Wirklichkeit der Hofstettenvaganten, die Armeleutekinder sind, breit und farbig auf. Ihr offenes Auge für die sozialen Unterschiede leitet sie zu präziser Beobachtung an. So entsteht gleichsam ein anderes Bild der Kleinstadt Thun – das Porträt jener kleinen Leute am Rande, der Arbeitslosen und Alkoholiker, der Bedürftigen und Verschupften. Es ist eine soziale Wirklichkeit, die auch ein Stück Schweiz bedeutet und unmittelbar der «Landi», jener stolzen, behäbigen Selbstpräsentation unseres Landes, vorangegangen ist.

Beatrice Eichmann-Leutenegger, NZZ

Rosalia Wenger • **Rosalia G. ein Leben**

Eine 72jährige Arbeiterfrau hat zur Feder gegriffen, um ihr Leben, ihr Fühlen und Denken zu beschreiben. Und wie zu beschreiben! Stellenweise so spannend, aufwühlend, packend, dass es einem den Atem verschlägt. Es geschah zwar nichts Sensationelles im Leben dieser Rosalia G.; sie erzählt lediglich ihre gelebte Wirklichkeit. Die Wirklichkeit eines unehelich geborenen Mädchens, das um seine Kindheit und Jugend betrogen worden ist, das als Verdingkind zu arbeiten hatte. Unterbezahlt und weiterhin ausgebeutet auch nach dem Schulaustritt in verschiedenen Stellen als Dienstmädchen, später als Wäscherin.

Gewerkschaftliche Rundschau

Rosalia Wenger • **Warum hast du dich nicht gewehrt**
Aufzeichnungen

Wir verfolgen in diesem Buch die Entwicklung eines Frauenlebens von Unterdrückung zu Selbstbewusstsein; keine Anklage, aber doch die Einsicht, dass sie sich früher hätte wehren sollen. Rosalia Wenger wehrt sich jetzt, durch ihre Bücher. Das von Rosalia Wenger Erzählte fällt ausserhalb jeder Ordnung und erbringt in seiner direkten Selbstverständlichkeit eine handfeste Lektüre, nahrhaft und aufweckend.

Tages-Anzeiger

Renate Gyalog • **Bella Brutta**
Anna Garofalo und ich

«Bella Brutta», das sind die Lebensgeschichten von Renate aus Deutschland und Anna aus Süditalien, die sich in Basel während der Arbeit kennengelernt haben. Die beiden Frauen erzählen, kapitelweise ineinander verwoben, von ihrer Kindheit, den Familienverhältnissen, ihren Illusionen über die Liebe, der anschliessenden Ernüchterung in der Ehe und den grossen Schwierigkeiten als alleinerziehende Müttter nach der Trennung. So unterschiedlich die verschiedenen Stationen in ihren Leben auch verliefen, immer wieder zeichnen sich Gemeinsamkeiten ab. Eine eindrückliche Frauenlektüre.

SBD

Maja Beutler • **Flissingen fehlt auf der Karte**
Erzählungen

Da ist offensichtlich Mut vorhanden, sich dem Drohenden, Ängstigenden in diesem geschützten bürgerlichen Kreis zu stellen, das, was keiner ganz wahr haben, keiner wirklich auf sich beziehen will, zu Ende zu denken, als eigene Geschichte zu akzeptieren – aber da ist zugleich eine auffallende Scheu vor jeder Übertreibung. *Aargauer Tagblatt*

Maja Beutler • **Fuss fassen**
Roman

Eine Frau versucht, nach einer Operation in den Alltag zurückzukehren, ihre Arbeit wieder aufzunehmen. Aber sie weiss, dass ihre Krankheit jederzeit wieder ausbrechen und vielleicht nicht geheilt werden kann. Maja Beutler schreibt vom Leben: vom Leben im Wissen um eine tödliche Bedrohung. *NZZ*

Maja Beutlers Buch spricht in ungeheuren Bildern, Träumen, Geschichten. Sie kämpft sich mit Worten durch, versucht, sich am Denken, am Schreiben festzuhalten, und hat doch den Satz im Ohr, den Pedroni (ein Kranker, der starb) zu ihr sagte: Wir müssen schweigen lernen. So ist es eingerichtet. Manchmal denke ich, die Krankheit hat alles verändert bei mir, überhaupt alles. *Verena Stössinger, Basler Zeitung*

Esther Spinner • **Nella**

Geschichte einer Freundschaft

Sie ist nach Sardinien gekommen in der Absicht, einen beschaulichen Sommer zu verbringen; statt dessen wird sie verunsichert: «Der Schweizerboden unter meinen füssen ist nicht mehr fest, langsam schiebt sich die rote trockene erde Sardiniens darunter, auch nicht besonders fest.» «Nella» ist der Bericht einer Frau, die sich in der Auseinandersetzung mit Frauen und deren Alltag in einer anderen Kultur neu erleben lernt.

Lilo Weber, FRAZ

Esther Spinner • **Starrsinn**

Eine Dorfgeschichte

Leni ist eine sensible Frau, verletzt und verletzlich. Nach ihrem Unfall und dem Tod der Mutter hat sie sich ganz zurückgezogen. Erst von Karin lässt sie sich in ihrer Abgeschiedenheit stören. Erinnerungen werden wach: an die Mutter, die allein für sich und ihr Kind aufkommen musste, an den Vater, den sie nicht gekannt hat. In einer klaren Sprache zeichnet Esther Spinner ein Frauenporträt und entwirft gleichzeitig Lebensgeschichten der Dorfbewohnerinnen und -bewohner. *Lilian Studer*

Esther Spinner • **Die Spinnerin**

Eine alltägliche Geschichte

Esther Spinner liefert eine sachliche, beinahe kühle Bestandesaufnahme. Sie erzählt in einer ehrlichen und behutsamen Sprache, die ohne jedes Pathos und ohne jede Wehleidigkeit das «fortschreitende Abhandenkommen des Glücks» und die angedeutete Neugeburt einer alltäglichen Frau nachzeichnet.

Der Bund

Christine Rinderknecht • **Bruchstein und Backstein**
Erzählungen

Den Gestalten von Christine Rinderknechts Geschichten ist der hartnäckige Wille eigen, die Oberflächen aufzurauhen und die Gründe zu erspüren. Deshalb stellen sie sich rasch in einen scharfen Gegensatz zur Umwelt und werden zu Verweigerern. Die Sprache ist schnörkellos, aber keineswegs unempfindlich. Hinter den Aussparungen ahnt man Verletzlichkeiten und Schwachstellen dieser Menschen, deren Verlegenheit und Isolation von zwischenmenschlichem Elend zeugen. Gebannt folgt man den Wegen dieser bemerkenswerten Erzählungen. *NZZ*

Bea Schilling • **Alpwesen, Unwesen & andere Wesen**

Fluch und Segen, Verstrickungen und Erotik auf der Alp, holde und unholde Begegnungen im Unterland. Realität, gespiegelt in der Irrealität, um die Bedingtheit menschlicher Existenz neu zu überprüfen. Die Autorin überrascht mit neuen Erzählungen in subtiler, humorvoller Sprache, getragen von dem ihr eigenen ketzerischen Unterton.

Bea Schilling • **Wiegenlied mit Spätfolgen**
Aus dem Leben einer Co-Alkoholikerin

Seit kurzem geschieden, seit anderthalb Jahren getrennt, vorher verliebt-verlobt-verheiratet mit einem Alkoholiker, alles in allem ein «Affäre» von rund drei Jahren, die ihr Leben aufgebrochen, beinahe ruiniert, schliesslich zu ihren Gunsten umgekrempelt hat. Bea Schilling hat ihre Geschichte mit einem wachen Bewusstsein erlebt und darüber Buch geführt.

Mariella Mehr • **Steinzeit**
Erzählungen

Die Schreckensgeschichte einer qualvollen Kindheit. Bildfetzen peinigender Erinnerungen; uneheliches Kind einer schizophrenen Zigeunerin und eines Säufers, Sturzgeburt, Mordversuche der Mutter, Odyssee von Heim zu Heim, Erziehungsanstalt, Psychiatrie, Elektroschock und Insulin-Koma, Misshandlung, Demütigung, Vergewaltigung und immer wieder Todesangst. Erzählt in einer kantig knappen, hartgeschliffenen Sprache, der man den Kampf mit dem Schrecken, mit dem Schmerz und der Wut anmerkt. *Die Zeit*

Mariella Mehr • **Kinder der Landstrasse**
Ein Hilfswerk, ein Theater und die Folgen

Mariella Mehr erlebte als Tochter einer Jenischen die Massnahmen des Pro-Juventute-Hilfswerkes. Den schrecklichen Gang durch Heime und Anstalten hat sie in ihrem ersten Roman «steinzeit» unmissverständlich geschildert. Im Theaterstück zeichnet Mariella Mehr anhand ihrer eigenen Akten eine Einzelbiographie nach und zeigt die Chancenlosigkeit auf: Ihr als Jenischer wurde jeder Schritt verunmöglicht. *Der Bund*

Mariella Mehr • **RückBlitze**

«RückBlitze» zeigt die politische, witzige und kämpferische Mariella Mehr, bei der es blitzt und donnert, wenn sie ihrer Empörung über Missstände Luft macht. Ein Querschnitt durch die Fülle der Artikel, die die Journalistin in den letzten 20 Jahren publiziert hat. Gedanken, die immer noch gelten, und Geschichten, die immer noch geschehen.